감천에서 매창을 만나다

퇴수 보우 한시집

작가마을
도서출판

본 시집은

한문과 한시에 대한 이해도가 낮은 독자들을 위하여

좌측에 한시의 원문을 싣고,

우측엔 번역문을 나란히 기재 하였으며

하단에는 시의 뜻을 담았습니다.

그리고 우측 페이지에는 해당시의 해설을 덧붙여

한시의 이해도롤 높이는 한편,

한시를 읽는 맛을 느끼도록 편집하였습니다.

감천에서 매창을 만나다

퇴수 보우 한시집

감천에서 매창을 만나다

퇴수 보우 한시집

초판인쇄 / 2018년 10월 20일
초판 2쇄 / 2020년 10월 30일

지은이 / 보우
편집주간 / 배재경
펴낸이 / 배재도
펴낸 곳 / 도서출판 작가마을
등 록 / (제2002-000012호)
주 소 / (48930)부산시 중구 대청로 141번길 15-1 대륙빌딩 301호
　　　전화 051)248-4145, 2598 팩스: 051-248-0723
　　　전자우편 seepoet@hanmail.net
정가 12,000원

국립중앙도서관 출판예정도서목록(CIP)

감천에서 매창을 만나다 : 보우 한시집 / 지은이: 보우. ―
부산 : 작가마을, 2018
　　p. ; cm

ISBN 979-11-5606-112-0 03810 : ₩12000

한시[漢詩]

811.9-KDC6
895.715-DDC23　　　　　　　　　　　　　CIP2018033668

4

시인의 말

 부처님의 경전은 온통 詩(시)나 다름없다. 그러니 대자연의 전체가
詩(시)요. 법문이다.
 유가의 성인인 공자께서는 "詩(시)에서 감응을 일으킨다." 라고 설
파한 바 있다.

 우리의 한글이 아름답기 그지없으나, 漢文(한문)을 가까이 함으로
써 보다 더 폭 넓고 깊은 사고를 할 수 있고, 다양한 문화를 향수 할
수 있을 것이다.

 등불이 꺼지 듯 희미해져 가는 동양고전의 불씨라도 보전하고자 하
는 마음 간절하였다. 필자는 현대시와 시조를 짓는 사람이지만, 우리
의 선대 유산이랄 수 있는 한시를 지어 그 맥을 잇고자 하였다.

 그간의 사고와 경험을 토대로 해보았으나 부족함이 많다. 더구나
한시를 짓는 규칙이 얼마나 까다로운가. 늘 애를 먹는다.

 한시에 대한 열정은 높으나 그 실력은 늘 모자라는 법이다.
 이번 한 시집에 대한 강호제현들의 질책을 바라마지 않는다.

불기 2562년 10월
천마산 금당에서 퇴수 보우

감천에서 매창을 만나다

퇴수 보우 한시집

시인의 말

목차

제1부 : 부처님께 다가가려는 수행자로서의 열정

제2부 : 절의를 중시하는 역사의식

제3부 ; 어린 시절과 부모님에 대한 기억, 그리고 현재적 삶

제4부 : 자유롭게 날고자 하는 시인으로서의 꿈

제 1 부

부처님께 다가가려는 수행자로서의 열정

無始無終 무시무종

輪廻正倫因緣想	윤회정륜인연상
浮雲傲矣裣得伊	부운추의롱득이
以世相逢三魂俱	이세상봉삼혼구
貪瞋痴三毒影曳	탐진치삼독영예

윤회의 정륜 되어 인연의 형상인데
뜬구름 모여들 듯 한 벌 옷 얻음이라.
이 세상 만남이여 삼혼이 함께이면
탐진 치 삼독 그늘 그림자 힘겨워라.

해설

무시무종이란 시작도 없고 끝도 없다는 뜻으로, 우주의 본리인 대아(大我), 심체(心體)는 시작도 끝도 없이 항상 존재한다는 것이다. 진리 또는 윤회는 무한함을 의미한다. 노장(老莊)철학에서 말하는 장자의 꿈 이야기에도 무시무종이 나온다. 어느 날 장자(莊子)가 꿈을 꾸었다. 그 세계는 무시무공(無時無空)이요, 무시무종(無始無終)이며, 불변불천(不變不遷)이다. 시간도 공간도 없다는 말이다.

무시무종을 시제로 시를 지은 화자(話者)는 스님이기도 하지만, 유가의 공부도 한 한학자이기도 하여 불가나 장자철학에서 의미하는 무시무종이 다르지 않다고 인식한다. 그래서 이를 시제로 삼은 것이다.

첫 구에서 윤회의 덕을 입어 사람으로 태어나 서로 얽혀 인연을 만드는 게 세상살이를 해 나간다는 사실을 은유적으로 표현하고 있다. 둘째 구의 표현은 속진의 삶에서 아무리 부를 많이 축적하거나 명예를 얻는다 해도 돌아갈 때는 겨우 옷 한 벌 입고 간다는 의미이다. 셋째 구의 '삼혼'이란 삼혼칠백(三魂七魄)이라 하여 세 가지 정혼과 일곱 가지 정령이라는 뜻으로, 사람의 넋을 통틀어 이르는 말을 일컫는다. 넷째 구에서는 탐진 치 삼독의 그림자에서 벗어나기가 어렵다고 토로하고 있다.

불교에서는 사람들이 탐진 치 삼독으로 인해서 고통에 빠진다고 한다. 지나치게 대상을 탐닉하는 탐욕, 그러한 탐욕이 채워지지 않으면 생기는 분노, 그리고 탐욕과 분노의 밑바닥에 깔려있는 무지함, 이 세 가지로 인해 사람들은 고통에서 헤어나지 못한다는 것이다. 그래서 모든 괴로움은 탐진 치 삼독에서 나오기 때문에 욕심과 분노와 어리석음을 벗어나야한다고 말한다. 화자 역시 사람들이 이것으로부터 먼저 벗어나야함을 지적하고 있다.

佛日庵 불일암

佛日庵爐松香滿　　불일암불송향만
旰古牧夫留雙磎　　먼고목부류쌍계
生金堂庭客僧入　　생금당정객승입
佛日痕迹諡號傳　　불일흔적시호전

불일암 가는 산길 솔향기 가득하고
먼 옛날 소 치는 자 머무른 쌍계석문
금생엔 금당 뜨락 객승은 찾아오고
불일은 흔적 없고 시호만 전할레라.

해설

　위 시는 시적 화자가 쌍계사 위쪽 불일폭포 인근에 있는 불일암에 갔다가 쌍계사의 금당에 들려 읊은 작품이다.

　첫 구에서는 불일암으로 올라가는 산길에 소나무가 많아 솔향기가 가득함을 나타내고 있다. 둘째 구에서는 불일암에 오가는 동안 쌍계석문이 떠올랐던 모양으로, 옛날에는 쌍계석문 바위에 소 먹이러 다니는 목동들이 쉬기도 했다고 표현하고 있다. 셋째 구에서는 불일암에서 쌍계사 대웅전으로 내려오기 직전에 있는 금당에 들렀던 것 같다. 금당은 중국 선종의 6대조인 혜능선사의 두상(머리)를 모시고 있는 곳이다. 넷째 구에서는 시호가 불일인 고려시대 보조국사가 수도한 곳이어서 불일암으로 이름이 바뀐 그곳에 선사의 흔적은 없고 불일암이라는 시호만 전한다고 말하고 있다.

佛香 불향

恁爾內心吾俱在　　임이내심오구재
世上光兮煢惠給　　세상광늘형혜급
吾內面以光景矣　　오내면이광경의
啀永遠相矣佛乎　　왜영원상의불호

임이여 내 안에는 그대가 함께 있음
세상의 빛입니다 늘 등불 밝혀주네.
그대가 나의 어둠 광명의 빛일진대
보세요 오랜 세월 서로가 부처로다.

해설

　위 시는 스님인 시적 화자의 인식과 삶에는 항상 부처가 함께 하고 있음을 그린 작품이다.

　첫 구의 '임'이라는 단어 역시 부처이다. 그 부처가 언제나 시적 화자인 자신의 안에 있다고 고백하고 있다. 둘째 구와 셋째 구에선 시적 화자는 부처를 통해 세상의 빛, 세상을 보는 눈을 가진다고 말한다. 결구에서는 시적 화자가 갈구하는 부처나 부처를 껴안고 수행하는 시적 화자나 모두가 부처임을 설파하고 있다. 위 시를 읽는 독자는 한 편의 법문을 듣는 느낌을 가질 것이다.

雙磎石門 쌍계석문

千年昨今母山見　　천년작금모산견
文昌候淸吏迹限　　문창후청리적한
三道懷心雙磎描　　삼도회심쌍계묘
佛日靑絕壁仙留　　불일청절벽선류

천년을 어제오늘 어미 산 마주 보며
문창후 청백리는 흔적은 끝이 없네.
삼도의 품은 가슴 쌍계에 그려놓고
불일암 푸른 절벽 신선이 머물겠네.

해설

  불일폭포에서 내려온 물이 쌍계사 아래 화개동천과 만나는 옆 계곡에 왼쪽 바위에는 '쌍계'(雙磎), 오른쪽 바위에는 '석문'(石門)이 라는 네 글자가 새겨져 있다. 고운 최치원 선생의 글로 알려져 있 다. 어떤 사람들은 최치원이 직접 그곳으로 와 글씨를 쓴 것으로 알고 있으나, 그의 글자를 집자(集字)한 것으로 여겨진다.

  조선시대에는 이 곳을 찾은 많은 선비들이 쌍계석문을 주제로 시 를 읊기도 하였다. 최치원 선생의 문장이 뛰어나 언제나 그에게는 '문창후'(文昌侯)라는 별칭이 따라다녔다. 화개골에는 최치원 선생 이 만년에 불일폭포에서 학을 타고 하늘로 올라가 신선이 되었다 는 전설이 있다.

  시적 화자는 위 시에서 쌍계석문을 보고 여러 선비들처럼 앞의 내용들을 나름대로 읊고 있는 것이다.

有懷法興王 법흥왕을 생각하니

富貴那榮華那乎	부귀나영화나호
高夢脫放法空僧	고몽탈방법공승
露滲濈法香庭盈	로삼림법향정영
萬年流香氣如前	만년류향기여전

부귀가 무엇이며 영화가 무엇인가
높은 꿈 벗어놓고 법공의 승이 되어
이슬이 스며젖 듯 법향이 조정 가득
만년이 흘러가도 그 향기 여전하리.

해설

　법흥왕(재위 514~540)은 신라의 제23대 왕으로 불교를 공인하고 율령을 반포하는 등 중앙집권적 고대국가체제를 완성하였다. 『삼국사기』와 『삼국유사』에는 527년(법흥왕 14) 이차돈의 순교를 계기로 법흥왕이 신하들의 반대를 꺾고 불교를 공인했다는 이야기가 전해진다. 법흥왕 자신도 불교를 숭상하여 529년(법흥왕 16) 살생을 금하는 명령을 내렸으며, 노년에는 출가하여 법운(法雲)이라는 법명을 사용했다고 한다. 삼국유사에는 왕비도 영흥사(永興寺)를 짓고 함께 출가하여 묘법(妙法)이라는 법명을 사용했다고 기록되어 있다.

　그래서일까, 시적 화자는 첫 구에서 "부귀가 무엇이며 영화가 무엇인가"라며 운을 떼고 있다. 법흥왕은 이런 것이 허무함을 알고 노년에 출가하였을까? 둘째 구에서는 법흥왕이 불교를 공인하고 왕이라는 높은 자리를 벗어놓고 불문에 귀의하였음을 나타내었다. 셋째 구에서는 불교에 대한 법흥왕의 그러한 노력 덕분으로 궁궐에 법향이 가득함을 읊고 있으며, 넷째 구에서는 법흥왕 이후로 불법이 이 나라에 계속 이어짐을 노래하고 있다.

有懷圓通庵 원통암에서 떠오르는 생각

義神筆越萬圓通   의신필월만원통
影白華道人筆躱   영백화도인필타
雲溟掃拭客僧彬   운전소식객승빈
雲山雙峯燕巢橋   운산쌍봉연소교

의신골 사립 넘어 만년의 둥근 통문
그림자 백화도인 사립문 비켜서서
구름 때 쓸고 닦아 객승은 빛이 나고
백운산 쌍쌍봉에 제비집 다리 놓네.

해설

　원통의 뜻은 걸림 없이 원만하게 두루 통한다는 것이다. 불가에서의 의미는 불보살(佛菩薩)의 미묘한 깨달음(妙悟·묘오)이다. 첫 구에서 원통을 둥근 통문으로 설명하고 있다. 위 시에서의 원통암은 조선 중기의 승려로 임진왜란 때 승군장(僧軍將)이었던 서산대사(1520~1604) 휴정이 출가했다는 암자이다. 대사의 호는 청허(淸虛)이며, 별호는 백화도인(白華道人)이다. 휴정은 법명이다.

　원통암으로 가려면 경남 하동 화개면 의신마을의 의신고을에서 900m가량 올라가면 위치해 있다. 백화도인, 즉 서산대사가 원통암의 사립문 쪽에 서서 구름의 때를 쓸고 닦았다. 이는 서산대사의 명성으로 원통암이 유명해졌다는 의미이다. 그 덕에 객승인 시적 화자가 원통암의 마당에 서니 서산대사의 명성에 스님으로서의 자부심이 생긴다고 고백한다. 여기서 바라보면 광양 백운산이 멀리 훤하게 보인다. 그래서 시인은 이곳과 백운산을 연결하는 다리를 제비가 놓으면 좋겠다는 생각을 한다. 이 표현 역시 시인이 아니면 할 수 없는 시적 상상력이다.

下心 마음을 낮은 곳으로 가짐

玉女峯散策麗裕   옥녀봉산책혼유

松條躍越才越乎   송조약월재월호

道賓只道去仰眺   도빈지도거앙조

抾睰霑影相盈有   회인홍영상영유

옥녀봉 산책길에 다람쥐 여유롭고

솔가지 뛰어넘어 재주를 넘나보다.

길손이 길을 가다 우러러 바라보니

마주친 눈빛 속은 서로가 들어있네.

해설

　시제가 하심(下心)이다. 하심은 굴기하심(屈己下心)의 줄임말이기도 한데, '자신을 굽히고 마음을 내려놓는다'는 의미이다. 불가에서 많이 쓰는 용어로, '낮은 데로 두는 마음' 정도로 해석하면 적당할 것 같다. 요즘은 정치인들이 이 단어를 많이 사용하는데 그러다보니 원래의 의미에서 다소 변색된 어감이 들기도 한다. 하지만 위 시에서의 하심은 원래의 순수한 뜻을 가진 용어이다.

　시적 화자의 수행공간이 있는 부산 감천문화마을의 뒷산인 천마산 옥녀봉을 산책하면서 보고 느낀 것을 읊은 작품이다. 산책하면서 다람쥐들이 솔가지 위로 뛰어다니며 노는 모습을 본 것 같다. 그런데 고개를 들어 다람쥐를 바라보는데, 그 다람쥐와 눈이 마주친 모양이다. 그때 순간 든 생각이 '하심'이었던 것이다. 시적 화자는 쉽게 썼지만 불자가 아닌 일반 독자로서는 쉽게 이해할 수 없는 작품이다. 세상에서 흔히 말하는 '행간 속의 뜻'이 들어 있기 때문이다.

夏夜 여름밤

山寺竹斤夏夜冷 산사죽근하야냉
揹水淺只如前汗 배수천지여전한
一蚊道伴飛上爲 일문도반비상위
禪定入定衲蚊俱 선정입정납문구

산사에 댓잎 바람 여름밤 식혀주고
등물을 끼얹지만 여전히 땀 흐르네.
한 마리 모기 도반 비상은 하지만은
선정에 들은 납자 모기도 함께여라.

해설

　위 시는 수행자가 여름밤을 나는 모습을 읊고 있다. 댓잎에 부는 바람이 산사의 여름밤을 식혀줄 뿐이다. 그래도 더위를 견디지 못해 수행자는 등목을 해보지만 그때뿐이고, 금방 또 땀이 흐른다. 한 여름 더위를 이겨나가는 수행자의 상황이 안타깝다. 적막하고 벗도 없는 산사에 수행자는 무는 모기를 도반이라 여긴다. 비록 수행을 방해하는 모기지만 그렇다고 살생을 할 수는 없다. 이미 수행자는 선정에 들어갔다.

　세상이 편리해지고 많은 이기(利器)들로 인해 사찰의 상황도 그만큼 달라졌다. 절간에도 에어컨이 설치돼 스님들이 시원한 상태에서 수행을 할 수 있게 됐다. 하지만 시적 화자의 산사 수행처는 여전히 예전 그대로이다. 수행자는 기껏해야 등목을 하여 더위를 식히는 실정이다.

諸行無常 제행무상

物週只嬅時計週　　물주지고시계고
雄雉雙雙江山飛　　웅치쌍쌍강산비
世上佛須彌山憧　　세상불수미산동
身俗佛性內佛國　　신속불성내불국

만물은 돌고 돌아 잠시도 머뭄 없고
장끼도 쌍쌍으로 강산을 날으는데
세상사 부처 찾아 수미산 그리웁고
한 집 속 성품 가득 그 자리 불국일세.

해설

　시제가 제행무상이다. 제행무상이란 간단히 말해 우주 만물은 항상 돌고 변하여, 잠시도 한 모양으로 머무르지 않는다는 뜻이다. 그래서 비록 몸이 세속에 있더라도 그 자리가 부처가 사는 불국이라는 것이다. 위 시는 시적 화자가 스님이어서 불국토를 염원하는 내용을 담고 있다.

　첫 구에서는 제행무상 즉 모든 것은 무상(無常)하다는 이치, 다시 말해 움직이는 모든 것은 항상 그렇지 않고 소멸한다는 이치를 담고 있다. 수미산은 불교의 우주관에서 나온 세계의 중심에 있다고 하는 상상의 산을 일컫는다. 수행하는 스님인 시적 화자는 늘 수미산을 찾는다. 이미 득도한 시인은 그리하여 어느 자리나 부처의 세계라고 언급하고 있다.

秋夜 가을밤

蟋饗宴屬星麼散　　실향연속성마산
鴈鳴鳴雲終高飛　　안명명운종고비
柿棒攣月紅柿化　　시봉련월홍시화
木魚眼頤落月見　　목어안신낙월견

귀뚜리 향연 속에 별들은 흩어지고
기러기 울음 울며 구름 끝 날아가네
감나무 가지자락 걸린 달 홍시 되어
목어는 눈을 뜨고 낙달을 바라보네

해설

위 시는 가을 날 밤 풍광을 병풍 속 동양화처럼 아름답게 묘사하고 있다. 첫 구에서는 어둠이 짙어감에 따라 별들이 점점이 떠오른 모습을 귀뚜라미가 합창하듯 울어대기 때문이라고 읊고 있다. 둘째 구에서는 그러한 풍광이 펼쳐지는데 기러기가 구름 끝을 향해 날아오른다고 그려낸다. 기러기 울음 때문에 고개를 드니 감나무 가지자락에 걸린 달이 홍시처럼 익어 있다. 마지막 구에서는 인근 사찰의 목어는 마치 그러한 광경을 구경하려는 듯 눈을 뜨고 달이 질 때까지 바라보고 있다.

시인의 감성이 자연적인 현상이나 사물 등을 낚아채 시적 묘사를 보여주고 있다. 위 시에서도 시인은 '꽃이니까 아름답다'라는 묘사가 아니라 '꽃은 보는 사람이 있어야 아름답다'라는 언어 표현적 장치를 최대한 사용하고 있다. 그렇기 때문에 위 시는 '쓰윽' 읽고 지나가서는 시인의 내면이 말하는 것을 다 읽을 수 없다.

入寂 입적

以甫我去曉光迓　　이보아거효광아
晚歲影終止點印　　만세영종지점인
纁光手攦雲橋濟　　훈광수인운교제
生前唭彩雲乘去　　생전기채운승거

이보게 나는가네 새벽빛 마중하며
긴 세월 그림자에 마침표 점을 찍네.
노을빛 손을 잡고 운해의 다리 건너
생전에 못 보았던 꽃구름 타고 가네.

해설

 시적 화자가 어느 지인을 잃고 안타까움에 읊은 만시이다.
 아마도 세상을 버린 분은 새벽에 떠나신 모양이다. 간 세월 그림
자라고 표현한 것으로 보아 오래 사신 것 같다. 사람은 산만큼 세
상의 쓴맛 단맛을 다 본다. 셋째 구에서 시적 화자는 좋은 길로
잘 가시라고 "노을빛 손을 잡고 운해의 다리 건너"라고 표현하고
있다. 결구에서도 마찬가지이다. 꽃구름 타고 가시라고, 마지막 길
편히 가시라고 기원하고 있다.

栢栗寺 백률사

小金剛抱栢栗庭   소금강포백률정
頂聳落壽法香坐   정용낙수법향좌
法身碎法燈明有   법신쇄법등명유
千江皎溱萬年流   천강교진천년류

소금강 품에 안긴 백률사 마당에는
정상이 솟아올라 낙수 한 법향자리.
법신은 부서지고 법등은 밝아있고
천강에 달빛 가득 만년을 흘렀어라.

해설

　위 시는 시적 화자가 몇 년간 수행하면서 천일기도를 드린 백률사를 시제로 읊은 작품이다.

　백률사는 경상북도 경주시 동천동 소금강산에 있는 절로 시적 화자인 보우스님이 수행한 곳이다.

　법흥왕 14년(527)에 불교의 전파를 위하여 이차돈(異次頓)이 순교를 자청했을 때, 그의 목을 베자 흰 우유가 솟았고, 잘린 목은 하늘 높이 솟구쳐 올랐다가 떨어졌는데, 바로 그 떨어진 곳이 지금의 백률사 자리였다고 한다. 이를 본 사람들이 슬퍼하여 다음해에 그 자리에 절을 세우니, 그 절이 자추사(刺楸寺)로서 훗날 백률사로 이름이 바뀌었다고 한다.

　헌덕왕 9년(817) 이차돈을 추모하여 석당(石幢)을 세웠으며, 임진왜란으로 폐허가 된 이 절을 1600년경에 경주 부윤 윤승순이 중건하고 대웅전을 중창하였다. 경내에는 옛 건물에 쓰였던 것으로 보이는 초석과 석등의 지붕돌 등이 남아있다.

　시인은 위 시를 통해 백률사의 이러한 역사적인 이야기를 표현하고 있다.

麟角寺 인각사

鶴巢臺屒巖川鏡   학소대의암천경
峽谷松風崖道颯   협곡송풍애도삽
眼明草童庭前擇   안명초동정전탁
瞳孔轉轉一然讀   동공전전일연독

학소대 병풍바위 위천의 거울보듯
협곡 길 청솔바람 벼랑길 꺾어 도네.
눈 밝은 초립동은 뜰 앞의 낙엽 쓸며
동공은 굴러굴러 일연을 읽었을까.

해설

 인각사는 643년(선덕여왕 12)에 원효가 창건한 절이다. 절의 입구에 깎아지른 듯한 바위가 있다. 전하는 바에 따르면 기린이 뿔을 이 바위에 얹었다고 하여 절 이름을 인각사라 하였다고 한다.

 그 뒤 1307년(충렬왕 33)에 일연 스님이 중창하고 이곳에서 『삼국유사』를 저술한 유서 깊은 절이다.

 시인은 인각사 인근에서 태어나 어릴 적에 이 절에서 뛰어놀며 성장했다. 외조부가 스님이었던 시인이 머리를 깎고 승려가 된 것은 결코 우연이 아닐지도 모른다.

 결구인 넷째 구에서 시인은 어린 시절 인각사에서 놀면서 일연 스님을 알았을까라고 자문하고 있다. 이 표현은 결국 시인 스스로 훗날 불문에 귀의할 줄 알고 있었을까 라는 의미로 환치할 수 있을 것이다.

又麟角寺 또 인각사에서

草童山村渭川洄　　초동산촌위천회
麟角寺轄三界竝　　인각사탑삼계병
一然村庭種子孵　　일연촌정종자부
柱門晛柱聯坐橋　　주문현주련좌교

초립동 산촌마을 위천은 휘어 돌고
인각사 법고 소리 삼계를 아우른다.
일연의 마실 뜨락 종자가 자라는데
기둥 문 햇살 주련 좌복을 다리 놓네.

해설

시인의 고향인 경북 군위 인각사 인근에는 위천이라는 강이 휘어 돌고
있다. 이 사찰의 법고 소리는 삼계인 욕계(欲界)·색계(色界)·무색계(無
色界)의 세계를 아우른다. 이 삼계는 불교의 세계관 가운데 하나로 삼유

(三有)라고도 하며, 미혹한 중생이 윤회하는 세계이다.

흔히 욕계는 탐욕이 많아 정신이 흐리고 거칠며, 순전히 물질에 속박되어 가장 어리석게 살아가는 중생들로 구성되어 있다. 색계는 욕심은 떠났지만 아직 마음에 맞지 않는 것에 대하여 거부감을 일으키는 미세한 진심(瞋心)만이 남아 있는 중생들이 사는 비교적 맑은 세계이다. 무색계는 탐욕과 진심이 모두 사라져서 물질의 영향을 받지는 않지만, 아직 '나(我)'라는 생각을 버리지 못하여 정신적인 장애가 남아 있는 세계이다. 중생이 사는 세계 가운데 가장 깨끗한 세계로서 미세한 자아의식으로 인한 어리석음만 떨쳐버리면 불지(佛地)에 이르게 된다.

이상과 같은 삼계는 불교의 전통적인 해석에 의한 것으로서, 지옥부터 시작하여 마지막 비상비비상처까지 땅밑에서 허공으로 올라가면서 형성된 유형적인 계층으로 인식되고 있다.

그러나 이와 같은 삼계의 설명에는 입체적인 공간이 아니라 정신적인 세계의 구분까지 포함되어 있고, 중생의 미혹에 따른 세계의 구분과 수행의 심도에 따른 세계로 풀이되기도 한다.

특히, 선종(禪宗)이 발달하였던 우리나라와 중국에서는 삼계를 선정(禪定)의 체험세계를 표현한 것으로 해석하였고, 이와 같은 삼계는 반드시 뛰어넘어야 할 정신적인 영역으로 해석하였다.

셋째 구의 '종자'는 불교에서 모든 존재와 현상을 낳게 하는 원인의 씨앗, 즉 불교에서 모든 존재와 현상을 낳게 하는 원인의 씨앗을 비유적으로 가리키는 말이다. 결국 이 말은 일연 스님이 쓴 『삼국유사』가 신라시대의 정사인 『삼국사기』를 보완해주는 역사서이자 삼국사기에는 수록되어 있지 않은 전설과 설화 등으로 인해 현재의 학문 분야가 보다 다양하고 풍성해질 수 있음을 비유적으로 표현한 것이다.

결구인 넷째 구에서 '기둥 문 햇살 주련 좌복을 다리 놓네'라는 수사를 함으로써 인각사는 맑은 정신세계가 깃들어 있는 사찰로 그러한 기운으로 스님들이 화두를 끌어안고 열심히 수행하는 도량임을 강조하고 있다.

又栢栗寺 다시 백률사에서

害間靑刀身蘀似　　해간청도신탁사
分危機伽拯法輪　　분위기가증법륜
頂雪白血聳異跡　　정설백혈용이적
天際花雨下佛思　　천제화우하불사

어느덧 푸른 칼날 육신이 낙엽 같고
분열의 위기 가람 건져낸 법륜이네.
정상 위 하얀 백혈 솟음의 이적이여
하늘가 꽃비 내린 불국토 여길레라.

해설

첫째 구에서는 이차돈의 목이 칼에 의해 잘리는 모습이 마치 추풍에 낙엽이 떨어지는 것 같다고 한다. 백률사는 상당히 번창한, 큰 사찰이었을 것으로 추정되나 임진왜란으로 폐허가 되었다. 임진왜란이 끝난 뒤 다시 중창이 되었다. 둘째 구에서는 백률사의 이러한 역사적 사실들을 설명하면서 가람이 중창이 된 것은 부처의 교법(敎法)인 법륜의 덕이라고 말하고 있다. 법륜이란 부처가 교법의 수레바퀴를 굴려 중생의 모든 번뇌를 굴복시키므로 이를 비유한 말이다.

셋째 구에서는 이차돈의 목이 잘리자 하얀 피가 솟구쳐 오른 이적을 말하고 있으며, 넷째 구에서는 이 사찰이 신라시대 순교지였음을 지적하면서 이 곳이 바로 불국토라고 강조하고 있다.

위 시에서 시인은 우리나라 불교사에서 중요한 위치를 점하는 역사적인 사찰에서 천일기도를 하는 등 오랫동안 수행한 인연을 마음속에 늘 간직하고 있으며, 그러한 사실을 잊지 않겠다는 의지를 다지고 있다.

제 2 부

절의를 중시하는 역사의식

五月 오월에

五月敎無等麥恁　　오월교무등릉임
永眠靈華普聞來　　영면령화보문래
山河地浮雲儌渙　　산하지부운추환
微軀此心思影迴　　미구차심사영회

님이여 무등 언덕 오월이 번지는데
영면한 그대들도 꽃구경 오셨는지.
산하의 뜬구름은 모였다 흩어지고
하찮은 내 가슴 속 그림자 어른하네.

해설

위 시는 5월이 되자 광주민주화운동 당시 희생된 영령들을 생각하며 쓴 작품이다.

5월이 되어 사방에 꽃이 피자 "영면한 그대들도 꽃구경 오셨는지"라며, 이 좋은 세상, 시절에 이 땅의 민주화를 위해 먼저 세상을 떠난 사람들이 생각난 것이다. 구름이 모여지고 흩어지듯 세상의 인연도 마찬가지이지만, 시적 화자의 가슴 속에는 그들이 타인이 아닌 듯 그림자로 어른거린다. 5월이 되어 그들을 기리는 일은 속세를 떠난 스님이라도 예외는 아니라는 것이다.

老姑草 할미꽃

老姑草摺分白頭	노고초접분백두
三千里山河拺翬	삼천리산하포휘
花薹摺哭無等爾	화대접곡무등이
行曲團結民族一	행곡단결민족일

할미꽃 허리 접어 분단의 백두대간
삼천리 산하 뜰엔 포자는 휘날리네.
할미꽃 꽃대 접은 통곡의 무등이여
행진곡 단결 속에 민족은 하나되네.

해설

위 시는 할미꽃이라는 시적 소재로 민족 통일을 노래한 작품이다.

할미꽃은 미나리아재비과에 속하는 다년생 초본식물로 한자어로는 일반적으로 백두옹(白頭翁)이라 한다. 시적 화자는 위 시에서 노고초(老姑草)라고 지칭하고 있다.

첫 구에서 시적 화자는 허리 꺾인 할미꽃을 보며 분단된 우리나라를 연상했다. 그리하여 백두대간 역시 휴전선으로 말미암아 끊겨져 있다. 시인은 산을 좋아하는 산꾼답게 할미꽃을 통해 백두대간으로까지 상상의 지평을 넓히고 있다. 둘째 구는 우리나라 전지역의 건조한 양지에 사는 할미꽃의 속성을 표현했다. 셋째 구와 결구에서는 최근의 남북정상회담과 북미정상회담 등의 진행 상황을 보며 우리 민족이 머지않아 하나로 될 것임을 기대하는 심경을 읊고 있다.

梅窓一片丹心 매창의 일편단심

山野園溺終印攔　　산야원닉종인각
雨風霜只石碣朽　　우풍상지석비후
琴心擁抱情誰思　　금심옹포정수사
村隱歸來情人如　　촌은귀래정인여

산 들녘 공원자락 마침표 찍어놓고
비바람 찬 서리에 돌비석 낡아지면
거문고 가슴 안고 누구를 생각하오
촌은이 다시온들 정인은 여전하지.

해설

　전북 부안에 가면 매창공원이 있다. 여기에는 조선중기의 부안지
역 기생이자 여류시인이었던 매창(1573~1610)의 무덤이 있어 이

지역의 시인들이 해마다 그의 문학적 업적을 기리고 있다. 그녀의 본명은 이향금(李香今)이며, 매창(梅窓)은 호이다. 계유년에 태어났으므로 계생(癸生)이라 불리기도 하였다. 매창은 서녀로 태어났으며, 아버지는 부안의 아전 이탕종이다. 시문과 거문고에 뛰어나 당대의 문사인 유희경·허균·이귀 등과 교유가 깊었으나, 그녀의 정인은 촌은 유희경으로 알려져 있다. 그녀는 자유자재로 시어를 구사하였으며, 정감이 넘치고 작품성이 뛰어나는 것으로 평가받고 있다. 부안의 개암사에서 그녀의 시집인 『매창시집』이 간행되었다.

시적 화자는 지난봄에 부안의 매창묘에 가서 그녀를 추모하는 한 시를 한 수 지어 읊었다. 그때 매창을 생각하며 위 시를 지은 듯하다. 첫 구에서 매창공원에 매창묘가 있음을 상기하고 있다. 둘째 구와 셋째 구에서는 무덤 앞의 비석이 낡아질 정도로 세월이 흐르면 그때도 매창은 어떤 사람을 여전히 생각할 것인지 반문하고 있다. 매창은 시도 잘 지었지만 거문고 연주도 잘했다. 그래서 그때도 생전처럼 정인이 그리워지면 거문고를 연주할 것인지 시적 화자가 마치 매창을 앞에 두고 이야기 하듯 시적 전개를 하고 있다. 그리하여 매창은 연인이었던 촌은 유희경을 여전히 정인으로 생각할 것이리라고 짐작하고 있다. 그만큼 매창은 여러 문사들과 교유를 하였지만 진정한 정인은 유희경이었다는 것이다.

族意春 겨레의 봄

峯峯南北土雜日   봉봉남북토잡일
四月天爾靑松壹   사월천이청송일
燭爀灘半島希望   촉혁탄반도희망
面接掌天地水湊   면접장천지수주
去夜夢屬夢不望   거야몽속몽부망
七旬眺平和花促   칠순조평화화촉
七千萬族二手松   칠천만족이수송
春日永遠統一望   춘일영원통일망

한라봉 백두봉의 남북 흙 섞이던 날
사월의 하늘이여 청솔은 한결같네.
촛불등 불빛 여울 반도의 희망이고
마주한 손바닥에 천지 물 모이구나.
지난밤 꿈속 꿈이 아니길 바라면서
칠순을 바라보는 평화의 꽃 피우네.
칠천만 겨레 마음 두 손에 심은 청솔
봄날은 영원하듯 통일의 희망이여!

해설

  위 시는 아마 남북정상회담이 이루어지는 걸 보고 겨레의 통일을 염원하는 내용을 담아 읊은 작품이다. 칠언율시이다. 아마 흥분해서일까. 압운이나 평측, 대구(對句)도 신경 쓰지 않고 읊었다.

  수련에서는 4월에 한라산과 백두산의 흙이 섞였음을 묘사하고 있다. 함련에서 시적 화자는 통일을 기원하는 촛불에서 희망을 보았고, 마주잡은 손에서 그 염원이 이루어질 것으로 생각했다. 경련에서는 분단된 지 70년이 되어가는 이 희망과 기쁨이 꿈이 아니길 바라고 있다. 미련에서는 칠천 만 겨레가 봄날처럼 통일을 기다리고 있음을 말하고 있다.

直沼瀑布 직소폭포에서

仙峰直布邊天絪　　선봉직포변천인
直布浩靑絪半生　　직포호청인반생
三仙客風仙風流　　삼선객풍선풍류
落水氣體雲快淸　　낙수기체운쾌청

쌍선봉 직소폭포 변산의 하늘 기둥
직포호 푸른 정기 반도의 생명이네.
삼선객 바람 따라 신선의 풍류이고
오호라 낙수소리 땀방울 상쾌하네.

해설

시적 화자는 매창 묘를 찾아 참배를 한 후 직소폭포에가 그곳을 둘러봤다. 송도삼절이 황진이·서경덕·박연폭포라면 부안삼절(扶安三絶)은 매창과 유희경, 직소폭포였던 것이다. 매창은 허난설헌과 함께 조선시대 대표적인 여류 시인으로 평가받고 있다.

직소폭포는 변산반도 국립공원에 속하는 옥녀봉, 선인봉, 쌍선봉 등의 봉우리들에 둘러싸여 흐르는 2km의 봉래구곡 속에 위치한다. 높이 22.5m의 직소폭포가 암벽단애 사이로 떨어져 내려 깊이를 헤아리기 힘든 둥근 소를 이룬다. 첫 구에서는 직소폭포의 이런 모습을 변산의 하늘 기둥이라고 표현하고 있다. 둘째 구에서는 폭포가 떨어져 만드는 호를 반도의 정기라고 설명하고 있다. 셋째 구의 삼선객은 시적 화자인 보우스님과 동행한 두 사람을 포함한 세 사람을 가리켜 표현했다. 이들 3인이 직소폭포를 찾은 것은 다름 아니라 바람 따라 나선 신선의 풍류였던 것이다. 폭포의 낙수 소리에 그곳까지 가느라 흘린 땀방울이 되레 상쾌하고 맑게 느껴졌다.

'경'(庚)자 운목으로 둘째 구에 '생'(生)자, 넷째 구의 '청'(淸)자로 압운을 했다.

梅窓香 매창의 향기

恨滿時緣平生瞞   한만시연평생문

梅花紅脣泫霑潤   매화홍순현점윤

松林影下花香臥   송림영하화향와

霴恁鏡落花足避   홍임경낙화족피

한 많은 시절 인연 평생의 부끄러움

매화꽃 붉은 입술 이슬에 젖어 드네.

송림의 그늘 아래 꽃 향은 누워있고

속 깊은 님의 거울 낙화 꽃 밟지 말게.

해설

  위 시는 사랑하는 이를 위한 매창(1573~1610)의 수절을 찬사하면서 기생이었다고 함부로 그의 순정을 짓밟아서는 안 된다는 내용의 작품이다.

  그녀는 비록 37세에 요절하였지만 그의 삶은 태생부터 평탄하지 않았다. 부안지방의 아전과 기생으로 추정되는 어머니 사이에서 서녀로 태어나 10여 세 때부터 기생 생활을 하였던 것이다. 하지만 시에 능하고 거문고를 잘 타 허균 등 당대의 유명한 시인들과 교유를 하였다. 특히 시인으로 명성을 얻은 유희경과 깊은 정분을 나눴다. 유희경은 매창에게 주는 시를 10여 편 남겼다. 첫 구에서 이러한 내용을 읊었다. 둘째 구는 매화꽃으로 상징되는 그녀를 형상화 한 것이다. 셋 째구는 세월이 지나 현재 매창이 부안의 부안문화원 옆 송림에 잠들어있음을 묘사하고 있다. 넷째 구인 결구는 기생이었지만 생각이 많고 속이 깊었던 그녀의 정신과 이름을 함부로 대하지지 마라는 경구이다.

扶安三絶 부안삼절

扶安地天直瀑틀　　부안지천직포걸
庭梅窓墓松林臥　　정매창묘송림와
恁雲雨之情心堋　　임운우지정심붕
開巖寺古文痕迹　　개암사고문흔적

부안 땅 하늘에는 직포가 걸려있고
뜰앞에 매창 분묘 송림에 누웠다네.
임 향한 운우지정 가슴에 묻어놓고
개암사 흔적 없는 옛 문헌 자취라네.

해설

위 시는 부안삼절인 기생 매창, 그녀의 정인인 시인 유희경, 직소
폭포에 대해 읊은 작품이다.

첫째 구에서는 부안의 하늘에 직소폭포가 걸려있음을, 둘째 구
에서는 매창공원의 송림에 매창의 묘가 있음을 말하고 있다. 셋
째 구에서는 매창이 운우지정을 나누는 유희경에 대한 사랑을 가
슴에 묻고 있다는 표현이다. 기생이었지만 매창은 문학적 수준이
높은 시집을 남겼다. 1668년(현종 9년) 구전으로 전해지던 매창의
한시를 모아 부안 개암사에서 판각(板刻)해 발행한 시집이다. 시집
속에는 오언절구 20수·칠언절구 28수·오언율시 6수·칠언율시 4
수 등 58수가 순서대로 수록돼 있다. 그런데 현재 개암사에는 매
창의 시집 목판은 말할 것도 없고, 그녀와 관련한 흔적이 하나도
없는 실정이다.

戀梅窓 매창을 그리며

梅花華桻只麭見　　매화화봉지포견
扶安夭折梅窓觀　　부안요절매창관
村隱時緣劣之情　　촌은시절열지정
琴八絃銀河水乘　　금팔현은하수승

매화꽃 가지 끝에 여드름 보노라니
부안의 요절 시인 매창이 보고파라.
촌은과 시절 인연 못다 한 운우지정
거문고 팔현 줄에 은하수 타볼까나.

해설

위 시는 매창을 그리며 읊은 작품이다. 시적 화자가 매창을 그린다는 것은 수 백 년이나 되는 간극을 벗어나 그녀의 정신을 존숭한다는 의미이다.

시적 화자는 매화가지 끝에 꽃봉오리가 열리는 봄날에 부안의 요절 시인 매창이 그립다고 한다. 20여 살의 나이 차에도 불구하고 매창은 촌은 유희경과 사랑을 나누었다. 유희경(1545~1636)은 조선 중기의 시인이다. 천민 출신이지만 시를 잘 지어 사대부들과 교우했다. 유희경을 향한 매창의 사랑은 변하지 않았다. 매창은 정인인 유희경이 생각날 때면 거문고를 켜면서 그를 그리워하곤 하였다.

次梅窓秋夜韻
매창의 가을밤을 차운하여

扶安松林庭梅臥   부안송림정매와

萬年流世條生邊   만년유세조생변

春秋過懸慕心靭   춘추과현모심인

琴端秉情人佇眠   금단병정인치민

부안의 송림 뜰엔 매화꽃 누운자리

만년 흐른 세월 가지는 생생하네.

봄 가을 지나도록 그리움 가득하여

거문고 끝을 잡고 정인을 기다리네.

해설

위 시는 부안의 송림에 누워있는 기생 매창의 무덤을 보며 그의 생애를 회상하는 내용이다.

첫 구에서는 소나무 밭에 매화꽃 같은 매창의 묘가 있음을 이야기 하고 있다. 둘째 구에서는 오랜 세월이 흘렀지만 송림의 소나무 가지는 생생하다고 은유하고 있다. 이는 조선 중기의 기생 시인인 매창의 이름이 지금도 그대로 알려져 있다는 것이다. 셋째 시와 넷째 시는 운우지정을 나누다 한양으로 가버린 정인 유희경에 대한 그리움이 커지면 거문고를 연주하며 그를 기다린다는 내용이다.

매창의 시「秋夜」추야에서 차운한 작품이다. 운자는 둘째 구의 '邊' 자와 넷째 구의 '眠'이다.

제 3 부

어린 시절과 부모님에 대한 기억, 그리고 현재적 삶

母山 모산

坬阿於母山乎居　　과아어모산호거
其姸面像於皺波　　기연면상어추파
靑山靑只靑心壹　　청산청지청심일
鬢髮悠遠雪來降　　진발유원운래강

산비탈 어머니는 산에서 산다지요
그 고운 얼굴에는 주름이 파도치네.
푸른 산 푸른빛은 푸른 맘 한결같아
머릿결 아득 멀리 백설이 내렸군요.

해설

  위 시는 산비탈에서 농사를 짓는다고 고생하시다 돌아가신 모친을 생각하며 지은 작품이다.

  첫 구와 둘째 구에서는 비탈산에서 힘겹게 일을 하시느라 고운 얼굴에 주름이 가득한 어머니의 생전을 회상하고 있다. 고향 산천의 푸른 산과 푸른빛은 어머니의 푸른 마음과 닮았다. 그렇게 고생만 하신 어머니의 세월은 머릿결을 허옇게 바꾸었다. 어머니를 그리워하는 자식의 마음이 애절하게 녹아 있다. 우리의 어머니들은 왜 그렇게 고생을 많이 하셨을까.

病苦 병으로 인한 고통

人間世生命病慊　　인간세생명병겸
身風化作用刹羅　　신풍화작용찰라
分身漫之獨乎座　　분신만지독호좌
周邊顧只寥寭乎　　주변고지요시호

인간세 생명이란 병들지 않음 있나
육신의 부서지는 찰라의 시간 속에
가지는 흩어지고 나 홀로 앉은자리
주변을 보았지만 쓸쓸함 뿐이로다.

해설

사람은 누구나 나이가 들면 병이 들고 아픔의 고통을 겪는다. 시적 화자도 병고에 시달린 적이 있다. 위 시는 이때의 경험을 읊은 시로 읊었다. 그런데 스님이다 보니 가족이 없어 쓸쓸하게 혼자 병고를 겪었던 모양이다.

첫 구에서 인간 세상의 모든 생명은 병이 든다는 명제를 던진다. 둘째 구에서는 인간의 육신이 망가지는 것은 한 순간임을 적시한다. 셋째 구에서는 가족의 구성원은 세상을 버리거나 흩어진 탓에 아파 병석에 있어도 돌봐줄 혈육이 없음을 설명하고 있다. 또 시적 화자가 스님이어서 아내나 자식이 없다. 넷째 구에서는 그래서 주변에 자신이 병들어도 찾아주는 가족이나 친구도 없이 혼자라는 것이다. 어쩌면 넷째 구를 통해 세속을 떠난 삶을 살아야 하는 스님이지만 혈육과는 정을 통하고 지속적인 관계를 하는 것도 필요하다고 웅변하고 있다.

貧苦 가난으로 인한 고생

冬骨屬寒症刀風　　동골속한증도풍
盛夏爛熱自然感　　성하민열자연감
假家板子村獨崩　　가가판자촌독붕
一便遺言所持噫　　일편유언소지희

한겨울 뼛속까지 시리는 칼날 바람
여름날 뜨거운 열 자연히 느껴지네.
허름한 판자촌에 나홀로 무너지듯
한 편의 유언 편지 소지한 한숨 짓네.

해설

　위 시는 시적 화자가 가난하여 고생한 시절을 되돌아보며 지은 작품이다.

　첫 구와 둘째 구에서는 가난하여 겨울철 칼날 바람을 제대로 가리지 못할 정도였으며, 여름철에는 폭염을 이겨낼 냉방시설이 없어 고생하였음을 기억하고 있다. 셋째 구에서는 형제 관계는 알 수 없으나 판잣집에서 혼자 큰 슬픔을 당하였음을 읽을 수 있다. 결구에서는 망자의 유언이 적힌 편지를 소지한 시적 화자가 그걸 보며 한 숨을 짓고 있다. 아마 유언을 적은 망자는 시적 화자의 부친이 아닐까.

後悔不孝子 후회하는 불효자

生前子胖湛父母　　생전자반담부모
死後珍羞拜賀悔　　사후진수배하회
不孝子下拜淚流　　불효자하배루류
紙榜尊銜三泰山　　지방존함삼태산

생전에 자반 고등 즐기신 부모님 전
사후에 진수성찬 절한들 후회롭네.
불효자 숙인 고개 눈물이 흘러내려
지방의 이름 석자 태산이 높을소냐.

해설

　시인은 스님이기 이전에 한 인간이다. 속세를 떠나 불문에 귀의한 수행자이지만 자신을 낳아준 부모를 그리는 마음은 어쩔 수가 없다. 위 시는 부모님을 기리는 자식으로서 읊은 작품이다. 생전에 부모님은 자반고등어를 좋아하셨다. 하지만 부모님께 권해드릴 기회가 많이 없었다. 부모님께서 세상을 버리고 난 후 진수성찬을 차려 차례 상에 올린들 생전에 소박하게 자주 차려드리는 밥상에 비하면 소용이 없는 것이다. 셋째 구에서 그런 부모님 생각하면 눈물이 흐르는 사실을 감추지 않고 표현하고 있다. 시인은 부모님 기일에 제사를 지내면서 시를 읊고 있다.

讚智異山呈姜雪山永煥
지리산을 예찬하는 시를 설산 강영환에게 드림

詞伯山乘雪山登	사백산승설산등
智異山疊抱母抱	지리산첩포모포
萬年行舃步澎茫	만년행불보팽망
茫時間謖天峯歡	망시간속천봉환

사백이 산을 타며 눈산을 오르는 듯
지리산 첩첩 품에 어머니 품에 드네.
만년행 산길 걸음 물소리 아득해도
아득한 시간 속에 천왕봉 기뻐하네.

해설

  첫 구에서 '사백'(詞伯)은 강영환 시인을 말한다. 雪山(설산)은 강 시인의 호가 '눈산'이어서 그렇게 표기했다. 2018년 5월 8일에 시적 화자에게 『다시 지리산을 간다』 제목의 시집을 보내 주셨다. 수십 년 인연으로 반가움에 위 시를 지었다. 강 시인은 지리산을 오랜 세월동안 오르며 여러 권의 시집을 낸 바 있다. 그래서 첫 구는 강 시인이 봄 여름 가을 겨울 관계없이 지리산을 탄다는 사실을 읊고 있는 것이다.

  지리산은 어머니의 산이다. 그리하여 지리산을 탄다는 것은 어머니 품에 안긴다는 정황을 묘사하고 있다. 지리산 산행을 하다보면 계곡이 많아 어느 코스이든 물소리를 아득하게 들을 수 있다. 결구는 강 시인은 물론 시적 화자도 지리산을 자주 오르다보니 마치 천왕봉이 언제나 반겨준다는 상상을 한다. 그런 환상 때문에 산꾼들은 지리산을 끊임없이 오르는 것이다.

有朋 벗이 있어

東風擊齧春雨來   동풍격설춘우래
柳梅春月只相競   류매춘월지상경
花開書舍茶軒春   화개서사다헌춘
遠路河東短只爲   원로하동단지위

동풍이 들이치듯 봄비가 오는구나
버들과 매화나무 춘월을 다투누나.
화개골 목압서사 다헌도 봄일거니
원거리 하동백리 짧기만 하고파라.

해설

  위 시는 하동 화개골에 있는 벗을 그리며 읊은 작품이다.

  봄날에 읊었던 모양이다. 첫 구에서는 봄비가 세차게 내리는 것을 묘사하고 있으며, 둘째 구에서는 버들과 매화나무가 봄을 서로 다투는 듯한다. 버들은 버들개지를 피워 올리며 연녹색 잎을 밖으로 내뱉듯이 돋워낸다. 매화나무는 은은한 꽃을 온 사방에 하얗게 피워 봄이 왔음을 알린다. 셋째 구에서는 화개골 목압서사에서 지역민들에게 한문과 한시를 가르치고 있는 벗인 다현에게도 분명 봄이 왔을 것이라고 단정한다. 부산에서 수행하고 있는 시적 화자는 가끔 목압서사에 들리는데 한 번 가려면 길이 멀다. 그래서 부산과 화개골 간의 거리가 짧았으면 하는 바람을 가져본다.

寄綠香茶院女主人
녹향다원 여주인에게 드리다

梨花節花川松茶　　이화절화천송다

雨一茶香信玉香　　우일다향신옥향

賓雲衲子天下揪　　빈운납자천하추

繧自臨下茶情益　　운자임하다정익

이화절 화개천변 일송정 녹향다원

우전다 한 잔 차향 신옥의 향일레라.

나그네 운수납자 하늘 밑 메여있고

꽃구름 그늘 아래 다정이 익는구나.

해설

　위 시는 제목에서 알 수 있듯이 하동 화개골 쌍계사 다리 입구
에 있는 녹향다원의 여주인에게 주는 작품이다.

여주인인 오신옥 사장은 스물 살인 1981년부터 화개골에서 전통찻집을 운영하고 있다. 80년대 초에는 쌍계 한의원 앞의 현 다올 전통찻집 자리에서 '석천'이라는 이름으로 운영하다 90년대 초에 오신옥 사장의 생가인 현재의 자리로 옮겨 '반야원'으로 상호를 바꾸었다. 그러다 얼마 지나지않아 '녹향다원'으로 다시 찻집 이름을 바꿔 지금까지 운영하고 있다.

그러니까 40년 가까이 오사장은 화개차 알리기에 자존심을 갖고 노력하고 있다. 그녀는 또한 유명한 차인이자, 화개차의 역사를 꿰뚫고 있어 화개차의 보물 같은 인물이다. 시적 화자가 가끔 화개골에 들리면 녹향다원에 가 여주인과 담소를 하며 차를 마신다.

첫 구와 둘째 구에서는 배꽃이 피었을 때 화개동천 변에 한 그루 소나무처럼 온갖 풍상에도 견디고 있는 녹향다원에서 우전을 한 잔 마시니, 그 향이 바로 여주인인 오신옥 선생의 차 정신과 같은 향이라고 묘사하고 있다. 셋째 구에서는 녹향다원에 들리는 시적 화자는 수행자여서 세상의 사람과 인연을 맺을 수 없는 등 여러 제약이 있음을 고백하고 있다. 결구에서는 그렇지만 운수납자라도 살아있는 생명인지라 여주인이 내어놓는 차와의 정은 계속 쌓여간다고 토로하고 있다.

茶香 차의 향기

花開川繧鮑附云　　화개천운수부운
攀屏下松綠香鉢　　산병하송녹향발
茶水洓浪浪風耍　　다수찰랑랑풍사
道賓道蹴處下揪　　도빈도사처하추

화개천 꽃구름에 버들치 불러놓고
첩첩산 병풍 아래 일송정 녹향 사발
찻물이 찰랑찰랑 바람이 희롱하고
길손이 가는 길에 처마 밑 메이로다.

해설

위 시는 시적 화자가 경남 하동 화개골 쌍계사 다리 입구에 있는
녹향다원에서 차를 마시며 일어나는 시상을 즉석에서 읊은 작품

76

이다.

첫 구에서는 녹향다원 앞의 화개동천에 꽃구름이 떠다니고 여기에 버들치가 많이 서식함을 말하고 있다. 둘째 구에서는 다원에서 보면 쌍계사 뒤쪽으로 만학천봉임을 알 수 있다. 마치 병풍이 둘러싸고 있는 형상이다. 이러한 자연 속에 위치한 녹향다원 여주인이 오래된 찻그릇에 내어준다. 셋째 구를 보면 사발에 담긴 찻물이 찰랑거린다. 시적 화자는 이를 두고 바람이 희롱하기 때문이라고 한다. 결구는 이곳 화개골을 방문한 시적 화자가 그냥 지나칠 수 없어 녹향다원에 들렀다는 내용이다.

시적 화자는 화개골에 오면 반드시 녹향다원에 들러 여주인인 오신옥 차인과 차를 놓고 담소를 나누고 가는 모양이다. 오신옥 차인은 차를 내어 놓을 때 '福'(복)자나 '囍'(희)자가 적힌 오래된 찻잔을 사용한다. 그녀는 차에 대한 지식이 다양할 뿐 아니라 화개골에서 나는 녹차에 대한 자부심이 대단한 차인이다. 시적 화자 역시 오랫동안 차를 마시고 법제를 하는 차인이다.

위 시에서 시적 화자는 녹향다원에서 오랜 세월동안 직접 차를 재배하고 만들어 내놓기 때문에 차의 맛이 뛰어날뿐더러 길손이 늘 들리게끔 할 정도로 자의 향이 멋있다는 것을 시상(詩像)화 한 것이다.

木鴨書舍 목압서사

蟿蟿靑屛書舍抱   산산청병서사포

閭峰鴨橋月明怡   여봉압교월명이

花開洞水溜天叅   화개동수류천차

舩戲浮雲弄憮嬉   수희부운롱무희

첩첩산 푸른 병풍 서사가 안겨있고

목압교 일주문봉 명월이 걸렸어라.

화개천 물빛 여울 하늘이 열려 있어

버들치 희롱하듯 뜬구름 건드리네.

해설

첩첩산중인 지리산 화개골 목압마을에는 '목압서사'가 있어 원장인 한문학자 다헌(茶軒) 선생이 인근 주민들에게 한문 및 고전인문학 등을 무료로 가르치고 있다. 시적 화자는 다헌과 오래전부터친교가 있어 가끔 목압서사에 들린다. 위 시는 목압서사에 대해읊은 작품이다.

첫 구에서는 만학천봉으로 푸른 병풍이 둘러쳐진 골짝에 목압서사가 안겨있다고 위치성을 밝히고 있다. 둘째 구에서는 목압서사로 들어가는 입구인 목압교의 일주문에 달이 걸릴 정도로 문이높다랗다며 마을 입구를 묘사하고 있다. 셋째 구에서는 목압교 아래 화개동천의 계곡이 넓고 깊어 하늘이 열린 것처럼 그 물빛에투영되어 있다고 한다. 넷째 구인 결구에서는 농약 사용금지지역,가축사육 금지지역으로 1급수인 화개동천에 사는 버들치를 뜬구름이 희롱하듯 건드린다고 표현하고 있다. 이는 화개동천의 물이맑고 깨끗함과 산세 및 계곡의 형상이 한적하고 아름다움을 설명함에 다름 아니다.

몇 자는 자유롭게 했으나 기본적으로는 측기식(仄起式)으로 평측을 맞추었다. 운자는 '支'(지)운목으로 둘째 구의 '怡'(기쁠 이)자와 넷째 구의 '嬉'(즐거울 희)자로 압운을 하였다.

釜山甘川 부산 감천에서

天馬山靑松風攎　　천마산청송풍녹
松子落麑盤踞化　　송자락곳반거화
一松葉人雙手懷　　일송엽인쌍수회
松香氣芯甘川里　　송향기필감천리

천마산 푸른 솔은 바람에 흔들려도
솔방울 떨어진 곳 둥지가 되었노라.
한솔 잎 사람 인자 두 손에 품어주고
솔향기 향기로운 감천의 마을이네.

해설

   시제의 '부산 감천'은 시적 화자인 스님이 수행하는 사찰이 있는 곳이다. 감천의 '감천문화마을' 뒤쪽 천마산 자락인 산 위에 위치해 있다.

   산에는 소나무가 많다. 바람에 솔방울이 떨어지면 그게 씨앗이 되어 또 다른 소나무가 자란다. 시인은 이런 솔방울을 주워 두 손에 품어본다. 이처럼 스님의 수행처는 언제나 솔향기가 향기롭게 난다. 이는 스님이 세상의 어떠한 유혹에도 흔들리지 않고 항상 푸르게 불심을 닦는다는 의미가 시의 전체 행간에 담겨 있다.

藺花 억새꽃

藺花向見靑春歲	적화향견청춘세
草笠童滿開昨夢	초립동만개작몽
春三月悠肝還飆	춘삼월유간환요
草木胞子生殖恐	초목포자생식공

억새꽃 마주 보니 청춘이 흘러가네
초립동 만개할 제 어제의 꿈이런가.
춘삼월 아득 멀리 뒤돌아 부는 바람
초목은 포자 일생 생식이 두렵구나.

　위 시는 억새꽃에 대한 시인의 여러 생각을 감성적으로 읊은 작품이다. 첫 구에서 억새의 허연 꽃을 보니, 어느 새 환갑이 되어 버린 시인의 지난 청춘이 허무하게 느껴짐을 묘사하고 있다. 둘째 구의 '초립동'은 초립을 쓴 나이 어린 남자를 말한다. 초립은 가는 대오리나 누런 빛깔의 가는 풀로 걸어 만드는데, 주로 어린 나이에 관례를 한 사람이 쓰던 갓이다. 그래서 둘째 구의 표현은 다소 은유적이다.

　즉 어린 시절 멋모르고 뛰어놀던 그때가 마치 어제의 일처럼 생생하게 기억이 난다는 말이다. 셋째 구에서는 아무 걱정 없던 그 시절로 돌아가자는 뜻인지, 바람은 마치 뒤돌아 부는 것처럼 인식된다고 시인은 밝힌다. 결구에서 시적 화자는 오래 전 세속을 떠나 불문에 귀의한 몸이다 보니 유난히 어린 시절의 기억이 간절하다는 것이다. 스님이어서 자식이 없는 시인은 억새꽃이 포자로 날아 개체를 증식시킬까봐 걱정을 한다. 속가에서는 2세가 생긴다는 것은 어깨에 큰 짐을 얹는 일이라고 여기기 때문이다.

家夫影幀 아버님 영정

啞猥其一節言無	왜외기일절언무
詎情無去惱力慰	거정무거감력위
吾體溫恒相戀恒	오체온항상련항
信義虛屬無吾戀	신의속허무오련

보세요 왜 그리도 한마디 말씀 없이
무정히 가셨나요 얼마나 힘드셨음.
당신의 따스한 몸 언제나 변함없이
믿음 속 허전스레 당신이 그립군요.

해설

  위 시는 시적 화자가 부친의 영정을 대하곤 가족을 위해 고생만 하시다가 세상을 버리신 것에 대해 안타까워하는 마음과 그리워하는 마음을 읊은 작품이다. 시적 화자는 10살 때 모친께서 세상을 버리시자 경북 군위군 고향에서 부친을 따라 부산으로 이주했다고 어느 글에서 밝힌 바 있다.

  첫 구와 둘째 구에서는 무정하게도 조용히 가신 데 대한 섭섭함을 언급하고 있다. 이 섭섭함에는 힘들게 사신 부친에 대한 존경과 연모에 대한 심경이 담겨 있는 것이다. 셋째 구에서 시적 화자는 부친의 따스한 몸을 기억하고 있다. 이는 독자로 하여금 시적 화자의 쓸쓸함에 인간적인 연민의 정을 느끼게 한다. 넷째 구에서는 부친을 생각하면 그저 마음이 허전하고 그리울 뿐이라고, 스님의 신분이지만 자식으로서 어버이를 생각하는 심경을 피력하고 있다.

甘川 감천에서

蠐昇淸只水甘川　　체승청지수감천
坬陔里安息處地　　과해리안식처지
限時節紙屋撮時　　한시절지옥촬시
埇隈迷路風景智　　용외미로풍경지

무지개 오르는 곳 맑은 물 감천이라
산비탈 층층계단 마을의 안식처네.
한 시절 골판 지옥 사진 속 시간인데
골목길 굽이굽이 미로의 풍경 지혜.

해설

　위 시는 시적 화자가 거처하고 있는 감천마을의 풍경을 읊은 작품이다.

　첫 구에서는 감천이라는 마을 이름이 무지개가 뜨고 맑은 샘이 솟는 곳이라는 유래에서 나왔음을 밝히고 있다. 둘째 구에서는 예전 태극도마을로 불리던 감천문화마을은 산비탈에 층층계단식으로 집들이 들어서 있지만 안식처라는 것이다. 지금은 제대로 된 지붕이 있지만 예전에는 지붕이 골판으로 돼 있었다. 그래서 사진 속 풍경 같다는 것이다. 결구에서는 골목길이 많아 미로인 마을의 풍경은 지혜 그 자체라는 것이다. 여기서 지혜라는 것은 골목길을 다 안다는 뜻보다는 수행자인 시적 화자의 입장에서는 미로를 걷는 그 자체가 부처에게 다가감을 의미하는 말이다.

女流峯軒 여류봉헌

釜峯軒端扶安行　　부봉헌단부안행
三絶風消息蘸明　　삼절풍소식휴명
木鴨茶軒簷週往　　목압다헌첨주왕
普友輪綠香圓滿　　보우륜초향원만

부산의 여류봉헌 단오달 부안동행
삼절의 바람 소식 노란 꽃 밝아있네.
목압교 다헌 처마 돌아서 가는 길에
보우는 차륜 속에 녹향이 가득하네.

해설

　시제인 여류 봉헌은 시적 화자가 전북 부안의 매창의 유적을 찾아 갈 때 동행인 중의 한 명인 여류 시인을 지칭한다. 위 작품은 그 시인과 부안 기행을 마치고 화개골 목압서사에 들렀다가 녹향다원에서 차를 마신 여정을 시로 형상화한 것이다.

　첫 구에서 부산에 거주하는 그 여성 시인과 함께 부안으로 동행한 사실을 적시하고 있다. 둘째 구에서는 부안의 삼절로 기생인 매창과 유희경의 흔적, 그리고 직소폭포까지 다른 동행인과 세 사람이 함께 들러본 내용을 표현하고 있다. "노란 꽃 밝아있네"라는 표현은 그 여성 시인도 매창의 수절과 시작품의 우수성 등에 동의해 기뻐했다는 것을 에둘러 나타내고 있다. 결구에서는 목압서사에 왔다가 부산으로 돌아가는 길에 쌍계사 다리 입구의 녹향다원에 가 차를 마셨다는 것이다.

甘川禮讚 감천을 예찬함

心出釜港天山飛　　심출부항천산비
玉峯靑屛甘川抱　　옥봉청병감천포
高乭乻踔途賓足　　고도리탁도빈족
六島山踔五海梁　　육도산탁오해양

부산항 가슴 열어 천마산 비상하고
옥녀봉 푸른 병풍 감천이 안겨 있네.
고갯길 넘나드는 길손의 발걸음에
산 넘어 여섯 섬은 오대양 다리 놓네.

해설

　위 시는 시적 화자의 수행공간인 관음정사가 있는 부산시 사하구 감천동의 감천문화마을을 예찬한 작품이다.

　첫 구에서 스님의 수행공간에서 바라보면 천마산이 정면으로 늘어서 있고 그 너머로 부산항이 그림처럼 펼쳐져 있음을 묘사하고 있다. 둘째 구에서는 시적 화자의 수행공간인 적멸보궁 관음정사가 위치한 옥녀봉의 병풍이 감천문화마을을 감싸안고 있는 형국을 묘사하고 있다. 관음정사는 옥녀봉의 정상부분에 있어 큰 도로에서 이곳으로 가려면 고갯길을 넘나들어야 함을 셋째 구에서 설명하고 있다. 결구에서 말하는 여섯 섬은 관음정사에서 보이는 오륙도를 지칭한 것이다. 그 바다는 오대양으로 향한다.

孤獨苦 고독의 고통

流歲月續繁榮牽	유세월속번영견
假時孰先後親父	가시숙선후친부
雖然現今衰弱身	수연현금쇠약신
熒滅唯徐徐漸滅	형멸유서서점멸

흘러간 세월 속에 번영을 이끌었던
한때는 누군가의 선후에 부모였던
하지만 오늘날은 쇠약한 육신으로
등불이 꺼지는 듯 천천히 점멸하네

해설

　위 시는 나라의 경제가 어려웠던 시절 열심히 일하여 우리나라를 번영하게 이끈 일꾼이었고, 또 어느 자식들의 부모였지만 지금은 몸이 쇠약해져 등불이 소멸되듯 외로이 생명이 꺼져하는 어떤 노인의 고통을 보고 시적으로 형상화한 작품이다.

　지금은 우리나라가 소득이 3만 불이나 되는 선진국 대열에 거의 합류해 있지만, 과거에는 경제적으로 아주 힘들었다. 그때는 모두가 산업 역군이었다. 물론 정치적으로 많은 과오가 있었지만 산업 역군들이 흘린 땀방울로 지금의 번영을 누릴 수 있는 것은 누구도 부인하기 어렵다. 둘째 구에서는 그런 역군들이 노동력 등만 제공한 것이 아니라 가장으로서 한 가정을 이끈 사실들을 적시하고 있다. 셋째 구에서는 그런 어른이었지만 지금은 연로해 몸이 쇠약해져 있다. 아마 자식들이 제대로 봉양을 하지 않는 모양이다. 너무 노쇠하여 점차 생명이 꺼져가는 듯해 안타까워하는 시적 화자의 마음이 잘 드러나고 있다. 시적 화자가 살고 있는 감천문화마을의 한 독거노인을 시적 소재로 삼았을 것 같다.

登智異山 지리산을 오르며

母山朝霞庭柱聯　　　모산조하정주련
上上峯瀑布天卦　　　상상봉폭포천괘
虹七色彩雙磎圓　　　홍칠색채쌍계원
雙明齋彷鶴陵越　　　쌍명재방학능월

지리산 아침 햇살 뜰앞에 주련 되어
상상봉 불일폭포 하늘 천 걸쳐 놓네.
무지개 일곱 빛깔 쌍계의 원상이여
쌍명재 헤매던 곳 청학은 산을 넘네.

해설

지리산의 불일폭포는 신선들이 청학을 타고 다니며 사는 선계이다. 위 시는 시적 화자가 폭포에 올라 신선들이 산다는 공간을 시적 상상력으로 읊은 작품이다.

시인은 아침 일찍 폭포로 향했던 모양이다. 폭포에 가까이 가니 햇살이 마치 주련처럼 나뭇가지 사이로 비친다. 불일평전을 거쳐 불일암에서 폭포로 가는 길은 절벽을 깎아 한 사람이 겨우 지날 정도의 잔도를 만들어놓았지만 그래도 조심스레 발을 디디고 걸어야만 한다. 그렇게 폭포에 다다라 물이 쏟아져 내리는 위쪽을 쳐다보니 하늘이 폭포 위에 걸쳐져 있는 것 같다. 무지개를 만드는 저 폭포물이 아래로 흘러 화개동천에 합류되어 두 개의 계곡, 즉 쌍계를 이룬다.

마지막 구의 '쌍명재'는 고려시대의 이인로(1152~1220)의 호이다. 그는 고려 무신집권기에 청학동에 살기로 하고 화개골에 왔으나 청학동을 결국 찾지 못한 채 돌아가며 시를 남겼다. 이인로가 그토록 찾아 헤매던 청학동은 바로 불일폭포였다. 그가 쌍계사 뒤로 올라갔다면 청학동을 찾았을 것이다. 그래서 시적 화자는 시인이기 때문에 청학동에는 지금도 청학이 날아다님을 이처럼 그려낼 수 있는 것이다.

청학은 낯선 사람, 시인이 온 것을 알아챈 것일까. 폭포 인근을 빙빙 돌다 위쪽으로 산을 넘어 날아가 버린다. 쌍명재는 아마 폭포의 양쪽인 청학봉과 백학봉을 상징하는 것인지로 모른다. 아니면 청학이 서식하는 장소를 일컫는 것일까.

시인은 수행을 하는 납자 신분이다. 그런데도 이처럼 도교적인 색채를 강하게 내비치며 시를 읊고 있다. 쌍계사 또는 목압마을에서 폭포 가는 길의 중간쯤에 고운 최치원이 학을 불러 타고 놀았다는 환학대(喚鶴臺)가 있고, 전설에 의하면 최치원이 불일폭포에서 학을 타고 신선이 되어 하늘로 올라갔다고 한다. 쌍계사 경내에 서 있는 진감국사비의 내용을 그가 지었는데, 당나라에 유학했던 두 사람 모두 유·불·선이 별개가 아니라고 생각했던 현자(賢者)들이다.

그래서일까? 스님인 시적 화자도 선계로서의 불일폭포를 상상력과 현실의 경계 구분 없이 읊고 있다.

想伏父母 부모님을 생각하며

父母我誕養數年   부모아탄양수년
靑春九萬里虛洒   청춘구만리허선
緣短生於萬古恨   연단생어만고한
眼矓去父母憧思   안학거부모동사

부모님 날 낳고서 기른 지 오래 전
청춘은 구만리 뜰 허공정 뿌려놓고
인연의 짧은 생애 만고의 한이여라
눈뜨고 가신 부모 그립기 그지없네

해설

자식들은 부모님이 세상을 뜨신 후 더욱 애닳아 한다. 세상에 계실 때에는 철이 없어, 또는 바쁘다는 핑계로 부모님을 잘 모시지 않는다. 스님은 소년 시절에 어머님을 여읜 후 아버님의 손을 잡고 고향인 경북 군위를 떠나 부산으로 이주하여 성장했다. 지금은 아버님마저 세상에 계시지 않는다. 스님도 어느덧 올해 환갑이다. 한 갑자를 살고 나니 스님이라 자식도 없어 부모님 생각이 더욱 간절하다. 위 시는 그처럼 부모님을 그리워하는 심정을 담고 있다. 세속인들 마냥 부모님의 산소라도 마음대로 찾아볼 수도 없다. 속세를 떠난 처지이기 때문이다. 마지막 구에서 부모님을 그리는 마음이 얼마나 간절했으면 "눈뜨고 가신 부모"라고 표현했을까?

謹次茶軒七點山韻
다헌의 칠점산 시를 차운하여 드림

七山中一遺仙界　　칠산중일유선계
山人詩歌饗音風　　산인시가향음풍
霼點點七島痕幽　　위점점칠도흔유
仙親見大渚庭瀧　　선친견대저정롱

일곱산 가운데서 선계는 하나남아
산인들 시가향연 소리가 바람되네.
구름위 점점칠섬 흔적이 그윽한데
대저뜰 비오는데 신선을 친견하네.

해설

위 시는 김해공항 자리에 있던 칠점산에 대한 이야기를 소재로
읊은 작품이다. 일제시기 1930년대에 낙동강 제방이 축조돼 김해
평야가 조성됐다. 일제와 이후 시기를 거치는 동안 칠점산이 있던
지역에 공항을 만들면서 일곱 개의 산 중 여섯 개를 깎았다. 남은
한 개는 현재 공군부대 안에 일부만 존재한다. 칠점산은 원래는
낙동강에 일곱 개의 점으로 물 위에 떠 있는 것처럼 보였다. 그리
고 이곳에는 가야금을 켜면서 사는 선인이 있어 금관가야 2대 왕
이 초선대로 불러 논의를 했다는 기록도 있다. 그래서 고려와 조
선시기 수많은 문사들이 칠점산을 선계로 인식하여 그곳을 유람
하면서 시를 읊었다.

첫 구는 이와 같은 칠점산의 간결한 역사와 얽힌 이야기를 하고
있다. 둘째 구에서는 칠점산을 유람하게 되면 그곳에서 읊은 많은
시가 노래가 되어 바람을 타고 다닌다고 말한다. 셋째 구에서는
하늘에서 보면 일곱 개의 점으로 보였을 칠점산의 흔적만 남아있
다 말하고, 결구에서는 비가 내리는 현 부산 강서구 대저의 너른
평야에서 보면 마치 그 옛날의 신선이 나타나 친견을 하는 듯한
착각이 든다고 묘사하고 있다.

차운시는 상대 시에서 운자를 빌려와 짓는 것이다. 여기서는 다
헌의 '칠점산'이라는 시의 운을 따읊어 다시 그에게 바쳤다. '東(동)'
운목으로, 운자는 둘째 구의 '風(풍)'자와 넷째 구의 '瀧(롱)'자이다.

제 4 부

자유롭게 날고자 하는 시인으로서의 꿈

冬夜 겨울밤

山茶花桻血狼赭　　산다화봉혈낭자
白雪漼麼傷處遮　　백설최마상처차
冬韡爀感慨無量　　동위민감개무량
愛嚴冬夜欱春乎　　애엄동야구춘호

동백꽃 가지에는 선혈이 낭자하고
백설이 쌓이면서 상처를 가려주네.
겨울에 피는 꽃은 뜨겁기 그지없고
사랑은 엄동 밤도 입김은 봄이로다.

해설

　위 시는 겨울밤이라는 시제를 통해 겨울에 피는 동백꽃의 붉은 이미지를 시적 화자의 침잠해 있는 내면의 생각에 대입시켜 읊은 작품이다.

　그리하여 첫 구에서는 동백꽃이 나무에 많이 피어있는 장면을 선혈이 낭자하다고 묘사하고 있다. 시인은 사물을 보는 눈이 일반인들과 다르기 때문이다. 둘째 구의 표현도 아무나 할 수 없다. 동백꽃의 아픈 피흘림을 하얀 눈이 내려 가려주었다고 한다. 여기서는 백설이라는 청각적인 이미지의 시어를 끌어와 붉음, 아픔을 덮어주고 있다. 이건 시인의 바람이다. 그만큼 시인은 자비심이 충만하고 타인에 대한 헌신적 마음이 크다. 그러면서 셋째 구에서는 동백의 아픈 이미지를 없애고 뜨거울 정도로 열정적이라고 말하고 있다. 그 열정이란 무엇을 말하는가. 그건 세상의 정의를 향한 뜨거운 가슴일 수도 있고, 수행자로서 부처가 되기 위해 스스로 영혼과 육신을 불단에 바치는 정성일 수도 있다. 또한 마음 속 임에 대한 뜨거운 사랑일 수도 있다. 일반인이 아니기 때문에 그 사랑의 대상은 여러 가지일 수가 있다. 결구에서는 대상이 어떤 것이든 간에 사랑을 향한 그 마음은 겨울밤에도 입에서는 뜨거운 입김이 나온다고 말하고 있다.

冬栢花 동백꽃

宅地彤冬栢冬諮　　택지동동백동자
傀只花落只見憧　　민지화락견지동
地天彤血泒心炆　　지천동혈조심문
自心心自鏃飛鋕　　자심심자촉비지

뜨락에 붉은 동백 동절기 핀다는데
힘들어 피워놓고 지는 건 잠깐이네.
대지의 붉은 선혈 가슴이 따뜻하고
내 심장 가슴으로 화살이 날아오네.

해설

　위 시는 겨울에 핀 동백꽃을 보고 가슴이 따뜻해짐을 느낀다는
내용의 작품이다.

　첫 구에서 겨울에 시적 화자의 수행처 뜨락에 동백꽃이 피었음
을 말하고 있고, 둘째 구에서는 꽃이 진 뒤부터 다음 꽃을 피우기
위해 온갖 풍상을 다 견디며 다시 피었지만 꽃이 지는 건 한 순간
이라고 한다. 뜨락에 동백꽃이 떨어진 모습은 마치 선혈이 낭자한
것 같다. 그 붉음의 낙화는 시적 화자에게 따뜻함을 전해준다. 낙
화된 꽃을 보는 이는 다름 아닌 시인이기 때문에 따뜻하게 느껴지
는 것이다. 결구에서는 그 따뜻함이 시적 화자의 가슴에 들어온다
고 고백한다. 따뜻함의 의미는 다층적이다. 시적 화자가 누구인가.
그는 수행을 통해 깨달음의 입선을 증득한 선지식, 즉 선종에서
수행자들의 스승을 이르는 말로 박학다식하면서도 덕이 높은 선
사이기 때문에 그러한 정신적 수용이 가능한 것이다.

立春 입춘에

垢史書屬古聖迊　　구사서속고성아
下目入梅花韠畫　　하목입매화위화
窓攖一幅東洋畫　　창영일폭동양화
瞦只靄嘛梱踰乎　　구지애마곤유호

때 묻은 사서책 속 옛 성인 마주하니
아랫목 들어오는 매화 핀 꽃 그림에
창문에 다가서는 한 폭의 동양화로
그림자 아지랑이 문지방 넘는다오.

해설

　위 시는 옛 사서를 읽고 있는 시인과 입춘 날 모습을 읊고 있다. 시적 화자는 스님이지만 출가하기 전에 읽던 사서를 꺼내 읽고 있다. 사서 속의 성인은 부처에 다름 아니다. 그런데 독서를 하고 있는 방안에 매화꽃 향기가 들어온다. 창문에 비치는 매화꽃의 모습이 한 폭의 그림이다. 향기에 이어 매화꽃의 그림자와 아지랑이가 문지방을 넘어 방안으로 들어온다.

　위 시를 읽고 있노라면 시인의 감성이란 조용히 다가오는 햇살 같기도 하고, 순식간에 활강하는 파랑새 같다는 생각이 든다. 시적 화자는 부처님을 모시고, 성불하기 위해 수행하는 수도자이다. 스님과 시인 사이를 오가는 불심과 감성은 항상 일치할 수 없다. 그 간극을 없애려고 좌복하여 수행하는 지도 모른다. 그 고통을 누구나 알 수 있는 것은 아니다.

梅花髞 활짝 핀 매화

畓堤銛遊縠人訪　　답제섬유곡인방
春風攜手江水沿　　춘풍휴수강수연
院洞花十里去傳　　원동화십리거전
臨鏡臺酒盞梅迊　　임경대주잔매아

논둑에 쟁기 놀면 곡인을 찾거들랑
봄바람 손을 잡고 강물의 물길 따라
원동길 매화십리 갔노라 일러주게
임경대 곡주잔에 매화꽃 마중하네.

해설

　위 시는 경남 양산의 원동에서 매화꽃을 감상하면서 읊은 작품이다.

　곡인(穀人)은 농부를 일컫는다. 봄에 농사를 지어야 할 농부가 쟁기를 버려둔 채 매화꽃을 보러 간 모양이다. 매화꽃을 보러 가는 길은 봄바람 손을 잡고 강물의 물길 따라 가야 한다. 농부가 간 곳은 원동길 매화꽃이 십리나 피는 꽃길이다. 게다가 임경대 아래 굽이진 낙동강에 잔을 띄워 술을 마시면서 매화꽃을 즐긴다는 것이다.

　임경대는 경남 양산시 원동면 화제리 산72번지에 있다. 고운 최치원(857~?)이 임경대의 풍광과 자신의 심경을 읊은 칠언절구의 한시를 남겼다. 최치원의 문집인 『고운집』(孤雲集) 권1과 우리나라 역대 시문선집인 『동문선』(東文選) 권19에 「황산강 임경대」(黃山江臨鏡臺)라는 제목으로 실려 있다. 그의 시를 보면 다음과 같다. "내 낀 봉우리는 우뚝우뚝, 강물은 출렁출렁/ 거울 속의 인가는 푸른 봉우리를 마주했네/ 외로운 돛배는 바람을 싣고 어디로 가는고/ 별안간에 새의 자취 아득도 하구나(煙巒簇簇水溶溶/鏡裏人家對碧峯/何處孤帆飽風去/瞥然飛鳥杳無蹤)."

四季節 사계절

梅花華桻樹液湊　　매화화봉수액주
梔子香恁誘惑爲　　치자향임유혹위
菊華豐盛十月收　　국화풍성시월수
山茶花燗愛如前　　산다화민애여전

매화꽃 가지에는 꽃물이 모여들고
치자꽃 향기 날려 당신을 유혹하오.
국화꽃 풍성함이 시월을 수확하며
동백꽃 뜨거움에 사랑은 여전하리.

해설

 위 시는 계절별 꽃을 소재로 하여 사계절의 특징을 묘사하고 있
다. 봄꽃으로 매화꽃을 상정하여 가지마다 꽃물이 모인다고 한다.
여름을 상징하는 치자꽃은 강한 향기로 사랑하는 그대(또는 사
물)을 매혹시킨다. 가을에는 국화꽃처럼 모든 것이 풍성해지고,
겨울에는 빨간 동백꽃처럼 여전히 사랑이 뜨거워지리라고 노래하
고 있다.
 속진의 어느 시인이 위 시를 읊었다면 연애시로 읽을 수도 있다.
하지만 시적 화자는 스님이다. 그래서 시에서 '꽃물', '유혹', '뜨거
움', '사랑'이란 시어는 바로 부처님을 향한 시인의 구도적 언어로
읽어야 한다.

山風 산바람

山林初影夏日遲   산림초영하일지
山風生眞木雲卦   뫼풍생진목운괘
三仙客一身涼氣   삼선객일신량기
骨俗生風自該博   골속생풍자해박

산속에 짙은 그늘 여름 해 한참이고
산바람 일어나니 참나무 구름 걸려.
삼선객 일신에는 서늘한 기운 돌고
뼛속에 부는 바람 스스로 알겠어라.

해설

　위 시는 더운 여름에 산속에서 산바람이 일어나 시원해지는 느
낌을 작품화한 것이다. 이번 여름은 너무 더워 맥을 못 출 지경이
었다. 산속에 나무 그늘이 있다고 하지만 여름 해가 한창임을 묘
사하고 있고, 산바람이 불어 하늘을 보니 구름이 참나무에 걸려
있다. 바람이 부니 삼선객, 즉 산속에 함께 들어간 세 사람은 서
늘한 기운을 느낀다. 얼마나 선선했으면 뼛속에 부는 바람 같다고
생각한다.

輓詩 죽음을 슬퍼하며 읊은 시

內子去去夜作今   내자거거야작금
吾空虛只切實太   오공허지절실태
以諸思涕灑後悔   이제사체쇄후회
吾影幀前只納頭   오영정전지납두

여보게 갔는가요 지난밤 어제오늘
그대의 빈자리가 절실히 크다는걸
이제야 눈물울음 뿌리며 후회하니
당신의 영정 앞에 머리를 숙입니다.

해설

누군가의 죽음을 슬퍼하며 읊은 만시이다.

첫 구와 둘째 구에서는 지인이 세상을 버리자 그의 빈자리가 크다는 걸로 볼 때 시적 화자와 아주 가까운 사이였음을 알 수 있다. 떠나고 나서야 평소에 좀 더 잘해줄 걸이라며 그의 영정 앞에 머리를 숙이며 후회한다.

院洞觀 원동에서 바라보니

古草家江里蓽訪	고초가강리필방
梅花庭安落華疊	매화정안낙화첩
鳴禽類飛來杈鳴	명금류비래차명
人世溢我耳聞拒	인세일아이문거

옛 초가 강가 마을 사립문 찾아가니
매화꽃 뜰 안에는 낙화가 쌓였구려.
명금류 날아들어 가지에 울음 울고
인간세 일이라면 내 듣고 싶질 않네.

해설

위 시는 원동의 낙동강가 마을에 있는 초가를 찾아가 그곳의 모습을 보며 속진의 일에서 벗어나고픈 시적 화자의 심상을 읊은 작품이다.

예전에는 강가에 억새나 갈대로 역은 초가들이 납작하게 엎드려 있었다. 지금은 그런 풍경을 보는 것은 쉽지 않다. 그런데 시적 화자가 찾아간 원동의 강가에는 옛날의 초가가 남아 있었던 모양이다. 시인이 찾아간 초가의 뜰에는 매화꽃이 피어 있는데, 이미 꽃이 많이 떨어져 쌓여있다. 새들이 날아들어 매화가지에 앉아 우는데, 그곳에 있으니 세상일 생각하기도 싫다는 시적 화자의 심상이 그대로 읽힌다.

有齎電話 전화기를 가지고 있으니

歲月時代前手窓　　세월시대앞수창
底肝地球翔眼見　　저천지구상안견
短以底肝音聲聞　　단이저천음성문
握手窓擺界化就　　악수창파계화취

흐르는 시대 앞에 손바닥 창을 보며
저 멀리 지구 돌아 눈앞에 볼 수 있네.
가까이 저 멀리의 소리도 들으면서
손안의 창을 열며 세계화 나아가네.

해설

　요즘은 아이들도 휴대전화를 갖고 있다. 소통이 중요한 시대이니 스님이라고 휴대전화를 갖지 말라는 법은 없다. 휴대전화의 액정 화면을 통해 지구 반대편의 소식을 알 수 있다. 또한 세상 어디에 있던 가까운 사람의 목소리를 바로 들을 수도 있다. 또한 손안의 휴대전화를 통해 세상이 돌아가는 정보도 바로 알 수 있다. 바야흐로 휴대폰이 없다는 것은 세상과의 단절을 의미한다. 한시로 이러한 지금의 세태를 묘사하는 게 쉽지 않은데, 시적 화자는 절묘하고 자연스럽게 읊고 있어 마치 풍속화를 연상하게 한다.

天臙脂 하늘연지

薔花臙脂虛空怩   장화연지허공이
風撼花瓣悑心秘   풍감화판전심비
花莛枝蜜蜂飛邏   화정지밀봉비라
一送薔憶女心焇   일송장혜녀심소

장미꽃 연지 찍은 허공은 부끄러워
바람에 흔들리며 수줍음 감추는데
꽃줄기 가시나무 벌 날 듯 막아서고
한 송이 사랑 고백 여심은 녹아나네.

해설

장미꽃을 두고 연지를 찍었다고 한다. 장미꽃은 그게 부끄러워 바람에 흔들리며 수줍음을 감춘다. 꽃줄기의 가시가 막아선다. 이러한 장미꽃을 들고 고백을 하면 여심은 녹고 만다. 여기서의 사랑 고백은 세속에서 남성이 여성하게 하는 그런 것과는 다르다. 한 송이 장미로 부처에게 다가가려는 시적 화자의 간단없는 마음의 고백일 것이다.

天雨 하늘비

春三月早春雨潚   춘삼월조춘우소
梅花風心如條舞   매화풍심여조무
挿霆農夫跥云揭   삽정농부초운걸
天畓蠅等只皺展   천답영등지추전

춘삼월 새벽녘에 봄비가 뿌리는데
매화꽃 바람 안고 가지가 춤을 춘다.
삽자루 번쩍이는 농부의 빠른 걸음
천수답 거북 등살 주름살 펴는구나

해설

위 시는 봄비가 오는 시골의 모습을 마치 한 폭의 그림을 보듯 읊은 작품이다.

춘삼월 새벽에 봄비가 오는 걸 시적 화자가 본 모양이다. 은은한 매화꽃이 피어있는 때이니 지금의 절기로 따지면 4월 초에서 하순 사이이다. 비바람에 매화꽃은 바람을 안고 가지는 춤을 춘다. 이 둘째 구를 읽으면 마치 표현한 그 모습이 상상된다. 이런 시적 묘사는 아주 좋은 표현이다. 셋째 구에서는 봄비가 내리니 바빠지는 농부의 마음을 읽고 있다. 넷째 구인 결구에서는 가뭄에 천수답이 거북 등살처럼 갈라져 있었던 모양이다. 그런 논에 비가 내리는 걸 보는 시적 화자는 비록 자신과는 그다지 상관이 없지만 기분이 흐뭇하다.

雛世上 병아리 세상

半眼雛加瞌只重	반눈추가갑지중
眼膜嗲抱華微笑	안막다포화미소
母鷄里出一線隨	모계리출일선수
火熄街燈以尔睎	화식가등이소희

반눈 뜬 병아리가 졸음이 무거운지
눈꺼풀 아양 떨며 어미품 꽃 든 미소.
어미닭 마실 갈 때 한 줄로 뒤따르면
불 꺼진 가로등이 귀엽게 바라본다.

해설

  위 시는 아직 제대로 눈도 뜨지 못한 병아리를 보면서 시적 화자
는 그 예쁜 짓을 시로 묘사한 작품이다.

  그 어린 병아리가 자라기 위해 얼마나 잠이 많겠는가. 졸음을 참
지 못하여 졸다 어미 품에 안기니, 어미 역시 지 새끼가 예뻐 흐뭇
한 미소를 짓는다. 또한 어미닭이 바깥으로 나가면 병아리들은 줄
을 서서 어미를 따른다. 그 모습을 바라보는 가로등도 귀여워 웃
는 얼굴로 바라본다는 것이다.

  시적 화자는 현대시를 쓰는 시인이면서 동시에 한시를 짓는 한시
인(漢詩人)이다. 그러다보니 시적 화자의 상상력과 묘사력은 뛰어
나다. 일반 독자들이 건성으로 지나쳐버리는 상황이나 세상살이
도 세밀하게 포착해 시로 형상화 하는 능력을 가진 것이다.

春消息 봄소식

春地天花香充乎　　춘지천화향충호
茶軒友心春花饎　　다헌우심춘화위
庭前梅雨花下地　　정전매우화하지
我獨一盞茶擧擱　　아독일잔다거각

춘삼월 지천에는 꽃향기 가득하니
다헌 벗 가슴에도 봄꽃이 피었는가.
뜨락에 매화나무 꽃비는 내리는데
나 홀로 한잔 차를 들었다 놓아보네.

해설

위 시는 꽃이 지천으로 피자 혼자 차를 마시며 벗인 다헌을 생각하는 내용의 작품이다.

첫 구에서는 온 사방에 꽃이 피어 꽃향기가 세상에 가득한 상황을 묘사하고 있으며, 둘째 구에서는 지리산 화개골에 사는 벗인 다헌에게도 봄이 왔는지 묻고 있다. 셋째 구와 넷째 구에서는 시적 화자의 뜨락에 매화꽃이 마치 꽃비처럼 바람에 날리자 가부좌를 틀고 자리에 앉아 녹차를 마시면서 여러 상념에 잠기는 심상을 나타내고 있다.

春夜 봄밤

山有花愛鵰鳴有　　산유화애도명유
朓夜行哎肝腸炊　　조야행애간장종
白花黃華峯軒喜　　백화황화봉헌희
庭前華深夜睡無　　정전화심야수무

산유화 사랑하여 작은 새 울고 있고
그믐날 칠흑 밤길 애간장 녹이누나.
흰색 꽃 노란 꽃은 봉헌이 좋아하지
뜰앞에 피운 꽃은 깊은 밤잠이 없네.

해설

　시인은 봄밤을 좋아한다. 그 이유에 대해서는 그 어느 시인도 명확하게 답을 하지 못한다. 다만 봄이 주는 생명의 힘 때문에 화려한 꽃을 보게 되면 예쁘다는 마음과 애상한 마음이 동시에 들기 때문이라고 설명한다. 봄은 이중적으로만 설명이 되지 않는 계절인 것이다. 봄의 생명력이 시인으로 하여금 다중적인 감성이 들도록 한다.

　위 시에서도 시적 화자의 이러한 다층적인 심금을 읽을 수 있다. 첫 구부터 예사롭지 않다. "산유화를 사랑하여 작은 새 울고" 있다니? 산유화는 김소월이 발표한 시의 제목으로 1925년에 간행된 시집 『진달래꽃』에 수록되어 있다. 그는 고독하고도 순수한 삶의 모습을 꽃에 비유하고 있다. 그러면 산유화란 어떤 꽃일까? 산유화는 어떤 특정한 꽃을 지칭하는 게 아니라 산에 피는 꽃을 통칭하여 이르는 말이다.

　그렇다면 첫 구는 어떤 의미일까? 작은 새가 산유화에 앉아 우는 모습을 은유적으로 표현한 것은 아닐까. 그건 산유화라고 지칭되는 누구를 사모하는 심정을 읊은 것일 수도 있다. 아니면 어머니나 누이 등 여성 가족, 또는 주위의 여성을 성애로서의 사랑이 아니라, 인간적인 사랑을 묘사한 것일 수도 있다. 시적 은유가 그래서 어렵고 난해하고 깊은 것이다.

　둘째 구를 보면 첫 구의 의미가 조금은 드러난다. 그믐날 칠흑 같은 밤길을 걷는데 산유화를 사모하는 마음으로 애간장이 탄다. 스님은 속세인이 아니기 때문에 이성적인 사랑을 할 수 없다. 그리하여 산유화의 진정한 의미는 무엇인지 더욱 궁금해진다. 그건 봄날 낮에 스님이 뜰에서 본 앙징스러운 꽃일 가능성이 많다. 그 꽃은 바로 문수보살처럼 세상을 구제하려는 그 무엇일 수 있다. 불문에 아주 깊이 침잠해 있는 스님이 상징하는 바를 속세인이 금방 알아챌 수 없다. 마지막 구를 보면 스님이 화두처럼 첫 구에서 제시한 산유화는 바로 뜰 앞의 꽃임을 알 수 있다.

浦口 포구에서

乙淑島只觀鷗鳴   을숙도지관구명
萬年流洛洞江壹   만년류낙동강일
多大噴水驫唱具   다대분수천창구
民草愁只亭子訪   민초수지정자방

을숙도 바라보니 갈매기 울음소리
만년을 흐르고도 낙동강 한결같네.
다대포 분수 줄기 가락을 갖추었고
백성은 시름겨워 정자를 찾는구나.

해설

　시적 화자가 낙동강 끄트머리에서 강 주변의 모습을 읊은 작품
이다.

　을숙도 쪽에는 갈매기 울음소리가 나는데 얼마나 오랜 세월 흘
렀을지 모르는 낙동강은 흐르는 게 한결같다. 다대포해수욕장의
분수는 노래에 맞춰 춤을 추는데, 이곳에 놀러온 시민들은 사는
데 걱정이 많아 정자에 모여 논다.

海邊 바닷가에서

海心擁晚霞白沫　　해심옹만하백말
四角床沙工艫廻　　사각상사공로회
箸虛空揚口海嘾　　저허공양구해담
姉妹戲弄盞酒波　　자매희롱잔주파

바다를 가슴 안고 저녁놀 부서지며
사각의 상차림에 뱃사공 노를 젓네.
젓가락 허공 날려 입속 안 바다 가득
자매님 희롱하듯 술잔에 파도친다.

해설

　위 시는 시적 화자의 수행공간인 관음정사의 일을 도와주시는 보살님들과 바닷가에 가 회식을 하면서 그 상황을 형상화한 작품이다.

　시인의 가슴에 바다가 한껏 들어와 있다. 저녁놀이 지는 모습이 그림 같다. 상차림을 보니 어부가 배를 타고 물고기를 잡은 노고가 생각난다. 보살님들이 젓가락질을 하는 모습에 스님인 시적 화자도 입속 가득 바다가 찬다. 보살님들의 술잔 속에도 바다가 파도 치고 있다.

曉迓 새벽마중

花開川澎梅華隣　　화개천팽매화린
樓閣朠睆恁消早　　누각영환임소조
篳入只偡紟攀訴　　필입지담금반소
白雲山曉眺哷滿　　백운산효조열만

화개천 물소리에 매화꽃 마실 나가
누각엔 달빛 가득 임 소식 언제일까.
사립문 들락날락 옷고름 부여잡고
백운산 새벽 보니 닭소리 가득하네.

해설

  위 시는 시적 화자가 봄에 화개골을 찾았다가 잠을 자곤 새벽에 인근의 풍광 등을 읊은 작품이다.

  화개천 물소리에 매화꽃이 마실 나갔다는 첫 구는 화개동천가에 매화꽃이 피었다는 의미이다. 여기서 매화꽃은 여성으로 의인화된다. 매화꽃이 마실을 나갔는데 밤이 되자 누각에 달빛이 가득해지니 임 생각이 절실해진다. 그런데 임은 소식이 없다. 혹여 임이 올까싶어 사립문을 들락거리다보니 새벽이 되었다. 멀리 광양의 백운산이 보이는데, 임 소식은 없고 새벽 닭소리만 계속 이어진다.

貴因緣 귀한 인연 있어

天地青春飛黃蝴　　천지청춘비황호
庭園飛飛白花尋　　정원비비백화심
徑風風乎花葉猜　　경풍풍호화엽시
龜草手時計心植　　참조수시계심식

하늘땅 푸른 봄날 날아온 노랑나비
꽃 정원 나풀나풀 흰 꽃을 찾고 있네.
지나는 바람바람 꽃잎을 시샘하고
토끼풀 손목시계 가슴에 심어본다.

136

해설

    때는 하늘과 땅이 푸르른 봄날이다. 자연은 신비롭기 짝이 없다. 어찌 알고 노랑나비가 날아왔다. 꽃이 핀 정원에 나풀거리며 이곳 저곳 날며 흰 꽃을 찾아다닌다. 흰 꽃을 찾는 노랑나비는 사랑을 찾아온 연인일 수 있다. 봄바람이 지나면서 나비가 찾는 꽃잎을 시샘하고 있다. 시인의 눈은 예리하다. 시샘하는 모습을 포착하였다. 바람이 그냥 지나지 않고 꽃잎을 흔드는 것이다. 시인은 시적 이미지, 즉 형상만 인식한 것이 아니라 가슴으로도 인식하였다. 봄이면 그 누군가에게 매어주는 토끼풀 시계를 떠올렸다. 그건 시인이 직접 상대의 손목에 매어준 경험이 있건 없건 토끼풀이라는 매개물을 통해 봄날의 한 장면을 묘사하고 있다. 시적 화자에게 있어 귀한 인연이란 수행자로서 새벽마다 예불을 드리는 대상인 부처일 수도 있고, 그야말로 속세의 정분이 아닌 수행자와 한 인간의 아름다운 인연일 수도 있다. 그래서 그 인연은 남자이건 여성이건 상관이 없다.

菊花 국화

晚秋四風菊花妬　　만추사풍국화투
夕陽垣鞾菊花垂　　석양원위국화수
流節氣前無心過　　류절기전무심과
此花開盡花無㴾　　차화개진화무이

늦가을 계절바람 국화꽃 시샘 하고
석양은 담장에 핀 국화꽃 드리우네.
흐르는 절기 앞에 무심히 지나치고
이 꽃이 지고나면 꽃 없어 눈물나네.

해설

위 시는 화자가 국화가 피어있는 모습을 보면서, 느끼는 감정을 읊은 작품이다.

첫 구에서는 예쁘게 피어있는 국화를 바람이 시샘을 한다는 설명한다. 둘째 구에서는 서산으로 지는 해가 담장에 피어 있는 꽃을 물들인다고 한다. 셋째 구는 화자가 가을이면 으레 국화가 피어나는 걸 대수롭지 않게 일상적으로 여긴다는 의미이다. 넷째 구에서는 국화가 지고나면 절기상으로 이제는 아름다운 꽃을 볼 수 없어 안타까움을 읊고 있다.

옛 선비들은 국화를 선비의 절개를 상징하는 사군자의 하나로 여겨왔다. 국화는 서리 친 가을에 홀로 피어 추운 겨울을 견뎌내므로, 전통시가에서 흔히 국화를 선비의 지조와 절조(節操)에 비유했다. 시적 화자가 이처럼 국화를 시제로 읊은 데는 절조, 즉 수행자로서의 자세가 흐트러지지 않도록 하겠다는 마음의 묵시를 행간에 담은 것이다.

'支'(지) 운목으로 압운을 하였으며, 둘째 구의 '垂'(수)자와 넷째 구의 '涖'(이)가 운자이다.

장자(莊子)의 나비를 사랑하는 선지식(善知識)

조해훈(시인·고전평론가)

■ 시인들은 말을 절제하는 사람들이지만 짧은 시를 통해 세상의 온갖 이야기를 다 하고, 일반인들이 생각할 수 없는 저 너머의 일까지 상상한다. 때로는 한 수의 시를 해석하여 책 한 권 분량의 글을 쓰기도 한다. 그만큼 시에는 숨겨진 부호와 비유, 상징 등의 시적 장치나 표현 기법이 많다.

그런데 이 말에 대해 철학적으로 사유한 이가 있다. 오스트리아의 철강재벌 집안에서 태어났지만 가난한 삶을 선택하여 살아간 철학자 비트겐슈타이 그 사람이다. 인간은 쓸데없이 하늘에 관한 환상으로 인생을 허비한다고 지적했다. 비트겐슈타인은 아예 하늘나라도 쓸데없는 소리이므로 그냥 침묵으로 무시해 버리라고 못을 박았다. 인간은 여러 문제에 시간과 돈 등을 너무 허비한다는 뜻이기도 하고, 표현 그대로 사람은 말을 삼가야 한다는 전언이기도 하다.

시인들은 이 현대 철학자의 지적을 귀담아 듣는 것은 아니지만 태생적으로 말을 아끼고 있다. 그러다보니 시가 최소한의 언어로만 구성이 된다. 특히 한시의 경우는 절구와 율시로 표현하는 글자 수가 한정돼 있다. 물론 장시(長詩)는 제한이 없지만 그래도 오언시, 칠언시의 경우 한 구의 글자 수는 대부분 규율된다. 4언 시, 6언 시로 표현될 때도 있고, 때로는 이런 형식이 무시된 사(詞)의 형식으로 나타나기도 한다. 그래서 한시를 쓰는 시인들은 5언 절구의 20글자로 이 우주의 현상이나 세상의 흐름, 시인의 감정이나 일상 등을 그려낼 뿐 아니라 시적 은유까지 담아낸다.

이번에 회갑기념으로 한시집(漢詩集)을 발간하는 보우스님(본명 이상화)은 일상생활에서도 말을 아끼지만 개별 시편들에 있어서도 극도로 언어를 자제하고 있다. 시는 선택된 말로 조직된 것이기 때문에 '시적'(詩的)이라는 개념을 너무나 잘 알아서이다.

또한 그는 『논어』(계씨편)의 "시를 공부하지 않고서는 말할 게 없다" (不學詩 無以言)라는 대목을 각인하고 있는 듯하다. 19세기 영국의 시인이자 비평가인 매슈 아널드도 "시는 인간의 가장 완벽한 발언"이라고 말하지 않았던가. 즉 시를 알지 못하고서는 말을 안다고 할 수 없다는 것으로 해석할 수 있다. 그 사람의 말과 글은 바로 그 사람인 것이다. 스님 역시 시적인 함의에 동의를 한다.

한시집에 실리는 62수의 시에서 7언 율시 한 수를 제외하곤 61수가 7언 절구이다. 스님 나름대로의 이유가 있을 것이다. 7언 절구는 4구 28자로 한 인간의 삶과 세상의 이야기를 모두 그려낸다. 자신의 한시를 직접 번역한 형식도 모두 짧은 시조 형식을 취했다. 기구(첫 구) 3·4, 승구(둘째 구) 3·4, 전구(셋째 구) 3·4, 결구(넷째 구) 3·4자로 해석을 했다.

현대시를 쓰는 시인이기도 한 스님은 1992년 『시세계』를 통해 등단한 후 시집 『그 산의 나라』(1992), 『다슬기 산을 오르네』(2005), 『목어는 새벽을 깨우네』(2009), 『눈 없는 목동이 소를 몰다』(2017) 등 네 권의 현대 시집을 상재했다. 특히 시집 『눈 없는 목동이 소를 몰다』는 1,000일 기도를 하면서 쓴 잠언 같은 시편들로 주목을 받기도 했다.

그는 종종 물에 사는 작은 다슬기가 산에 오르는 것에 수행을 비유하곤 한다. "별빛을 지고/ 밤새 먼 길 가는 다슬기는/ 먼동의 끝자락에 둥지를 찾고// 바람에 스친/ 개울물 소리// 물빛에/ 비친 산그리매/ 다슬기 산을 오르네".(시 「다슬기 산을 오르네」 전문, 시집 『다슬기 산을 오르네』)

사람의 눈에 띄지 않을 정도로 느리게 움직이는 다슬기가 산을 오르다니? 부처를 향한 하루하루의 간절한 기도와 실천이 모여야만 깨달음에 이를 수 있다는 수행자의 삶이 그와 같다는 말이다.

시인은 열 살 때 어머니를 여의었다. 그때부터 그의 시 쓰기가 시작됐다. 시인은 어머니로부터 한시를 배워 읽고 짓게 되었다. 어머니를 여읜 후 아버지의 손에 이끌려 부산으로 이주하여 성장한 그는 "정신적으로는 이미 그때부터 출가했다"고 밝힌 바 있다. 마치 출가자의 그것처럼 일반인들과는 달리 산에 가서 기도를 하는 등 스스로 지난한 삶을 살다 마침내 머리를 깎은 것이다.

요즘 들어 한시를 짓는 사람이 거의 없다. 한문 자체가 지나간 과거의 문자로 규정되는 세상이다. 하지만 그는 꾸준히 한시를 짓는다.

지난 3월에 경남 하동군 화개면 소재 카페 호모루덴스에서 열린 '제 1회 목압서사 한시 읊기 대회'에 초청돼 한시를 4편 읊었다. 한시를 제대로 읊는 사람이 드문데, 그는 한시를 규칙에 따라 잘 읊는다. 원래 한시는 창(唱)과는 달리 웅얼거리는 듯하여 대체로 재미없이 들리지만, 그의 염불 양식이 가미돼 평측과 운자가 제대로 읊어져 음률이 살아나는 것이다.

■ 그의 한시집에 실리는 시편들은 1~4부로 편집돼 있다. 제1부는 '부처님께 다가가려는 수행자로서의 열정', 제2부는 '절의를 중시하는 역사인식', 제3부는 '어린 시절과 부모님에 대한 기억, 그리고 현재적 삶', 제4부는 '자유롭게 날고자 하는 시인으로서의 꿈'이다.

먼저 제1부의 작품들을 살펴보겠다. 여기서는 수행자이기 이전에 그의 품성이기도 하지만 진여(眞如)사상을 엿볼 수 있다. 진여는 '있는 그대로의 그 무엇'이라는 뜻이다.

시인은 시 「무시무종」(無始無終)에서 "윤회의 정륜되어 인연의 형상인데/ 뜬 구름 모여들 듯 한 벌 옷 얻음이라./ 이 세상 만남이여 삼혼이 함께이면/ 탐진 치 삼독 그늘 그림자 힘겨워라."라고 읊었다. 모든 사람의 본래 바탕은 완전하고 온전한 것이지만, 번뇌와 욕심이 이것을 얽어매어 자유를 방해한다. 그 본래성을 불경에서는 '진여'라고 한다. 그렇지만 탐진 치 삼독에서 벗어나는 게 수행자로서 쉬운 것만은 아니라고 시인은 말하고 있다.

시인은 시 「불일암」에서 "…/ …/ 금생엔 금당 뜨락 객승은 찾아오고/ 불일은 흔적 없고 시호만 전할래라."라고 읊었다. 금당은 경남 하동 쌍계사에 있으며, 중국 선종의 6대조인 혜능선사의 두상(머리)를 모셔놓은 곳이라고 한다. 참선수행을 하는 시인은 금당을 찾음으로써 자신의 맥이 어디에 닿아 있는지를 다시 한 번 진지하게 돌아본다. 선사의 두상이 모셔진 법당에서 절을 하고 기도를 하였다는 것은 더욱 더 불법에 의지하겠다는 각오를 다졌다는 뜻이다. 선종에서 참선을 하는 목적이 바로 미혹과 망념을 평정하는 데 있기 때문이다. 그러면서 부처의 말씀대로 살고자 하는 자신의 현재적 모습을 투영해본 것이다.

금당 위쪽 불일폭포 앞에 있는 불일암을 찾아서는 "불일은 흔적 없고 시호만 전할래라."라고 읊고 있다. 이 시구도 의미가 깊다. 여기서의 불일(佛日)은 고려 중기 때 선승인 지눌(1158~1210)을 말한다. 지눌의 시호가 불일보조(佛日普照)였다. 그는 선종의 중흥조로서, 돈오점수와 정혜쌍수를 제창하여 선과 교에 집착하지 않고 깨달음의 본질을 모색하였던 국사였다. 지눌이 수행한 암자여서 시호를 따 불일암이라 불린 것이다. 그러므로 불일암은 단순한 하나의 암자가 아니라 참수행의 화신으로 불리는 지눌선사가 수행하였던 곳으로, 역시 참선을 중시하는 시인이 돈오(頓悟)를 지향처로 삼았던 지눌처럼 부처의 참뜻을 깨닫기 위해 이곳을 찾은 것이다. 그래서 시인이 "불일은 흔적 없고 시호만 전할레라."라고 읊은 이유는 요즈음 불교계에서 불일보조 국사의 그러한 돈오사상은 퇴색되고 수행이라는 겉모습만 남은 것은 아닐까라는 의구심에서 일 게다. 부처의 출가정신이 퇴색되고 종교적 만행이 서슴지 않게 이루어지고 있는 것은 아닐까 스스로 반문하는 말이기도 하다. 시인은 언제나 수행자로서 본

보기를 보여 부처의 출가정신을 살리려고 고심을 하고 있는 것이다.

시 「불향」에서는 시인이 항상 부처의 세상에서 기도를 하고 있으며, 이 세상 만물이 부처임을 다시 한 번 인식하고 있다. "임이여 내 안에는 그대가 함께 있음/ 세상의 빛입니다 늘 등불 밝혀주네./ 그대가 나의 어둠 광명의 빛일진대/ 보세요 오랜 세월 서로가 부처로다." 부처 즉 싯다르타가 세상의 빛이며, 항상 등불을 밝혀준다고 말한다. 시인은 늘 구법을 하고 있다는 내면적인 고백인 것이다. 시인은 부처가 깨달아 얻은 진리를 따라간다는 말이다. 첫 구에서 "그대가 함께 있음"이라는 표현은 부처에 대한 맹신이 아니라 부처의 법에 의지한다는 태도이다. 부처가 깨달음을 얻고 나서 자신이 발견한 진리를 이해하고 공명해줄 지혜를 가진 자를 찾았다. 시인은 이처럼 시대를 뛰어넘어 자신이 부처의 그런 제자라는 뜻을 치환하고 있다. 둘째 구에서는 "세상의 빛입니다"라고 썼다. 부처는 부다가야에서 정각(깨달음)했다. 부처의 가르침의 종국은 중생구제, 즉 모두가 부처가 되도록 하는 것이므로, 부처의 그런 설법이야말로 세상의 등불이라는 의미이다.

시인의 이러한 수행의 모습은 다른 시에서도 계속 이어진다. 시 「원통암에서 떠오르는 생각」에서는 "… 백화도인 사립문 비켜서서/ 구름 때 쓸고 닦아 객승은 빛이 나고"라며, 서산대사(1520~1604)가 지리산 화개골에서 불문에 귀의하여 참선을 하고 법을 설한 이야기를 하고 있다. "구름 때 쓸고 닦아"라는 압축된 시구로 서산대사의 화개골에서의 삶을 응축하고 있다. 서산대사는 행자 생활 중 어느 날 칼로 손수 머리를 깎고 "차라리 어리석은 바보로 평생을 살지언정 문자나 외우는 법사는 되지 않으리라." 서원하면서, 일선대사를 수계사로 하여 스님이 되는 의식을 올렸다. 이때 휴정이라는 법명을 받았다. 후에 대사는 자신의 저서인 『선가귀감』에서 "미혹한 마음으로 도를 닦는 것은 단지 무명만 도와줄 뿐이다"(迷心修道 但助無明)라고 했다.

대사가 활동하던 조선 중기는 숭유억불 정책으로 인하여 불교에 대한 탄압이 심각하게 전개되던 시기였다. 이에 휴정은 위기에 처한 불교의 정체성을 되찾고, 기타 종교와 조화를 모색하기 위해 유·불·도 삼교회통 사상을 펼쳤다. 이러한 상황 속에서 대사는 『삼가귀감』을 지어 유·불·도 삼교를 함께 이해함으로써 소기의 목적을 달성하고자 한 선승이었다. 시인은 대사의 출가지로 알려진 하동군 화개면 의신마을 원통암에서 대사가 임진왜란 때는 승병장으로 나라를 구하고자 했던 일까지 생각했다. 그러면서 원통암에서 광양의 백운산을 바라보면서 선(禪)의 경지를 그려내고 있다.

시 「하심」(下心)에서는 시인의 수행처가 있는 부산 감천문화마을의 옥녀봉을 산책하면서 다람쥐와 눈이 마주치자 '굴기하심'(屈己下心)을 떠올렸다. 굴기하심이란 자기 자신을 굽히고 마음을 겸손하게 갖는 마음, 즉 마음을 낮은 곳으로 두는 것을 일컫는다. 시인은 수행자이기 때문에 그런 마음을 더욱 가지는 것일 수도 있지만, 필자가 시인을 대할 때마다 떠오르는 단어가 '하심'이다. 그의 말과 행동에서 그런 걸 늘 느끼기 때문이다. 하심 역시 불가에서는 부처의 마음으로 인식되고 있는 것이다. 결구의 "마주친 눈빛 속은 서로가 들어있네."는 시인의 심상을 드러낸 표현으로 은유적이다. 쉽게 말하자면 인간은 만물의 영장이고 다람쥐는 미물에 불과하나 시인과 다람쥐는 동등한 생명체로 등가화 되고 있다. 그는 이 세상의 모든 생명체는 존중받아야 한다는 생명존중의 사상을 갖고 있다. 그러한 사유가 세상을 인식하는 시인의 기본적인 철학인 것이다. 그게 다름 아닌 부처의 마음이라고 시인은 여기고 있다.

시 「하야」(夏夜)에서는 그러한 생명존중 사상이 더욱 명확하게 드러나고 있다. 여기서의 생명체는 다람쥐보다 더 미물인 모기다. "산사에 댓잎 바람 여름밤 식혀주고/ 등물을 끼얹지만 여전히 땀 흐르네./ 한 마리 모기 도반 비상은 하지만은/ 선정에 들은 납자 모기도 함께여라."(「하야」(夏夜) 전문).

시인의 수행처인 관음정사에서 참선하면서 지은 작품으로, 선정에 든 시인의 정신세계가 드러나 있다. 참선을 하고 있는 시인을 물어뜯거나 왱왱거리며 수행을 방해하는 모기를 도반으로 받아들이고 있다. 어쩌면 시인은 모기를 통해 수행과 경전공부를 하는 자신의 깨달음에 대한 정진이 자칫 도식적인 관념에 머물러 스스로를 기만하는 위험이 있는 것은 아닌지 의구해본다. 이처럼 모기가 하찮고 귀찮은 존재이지만 시인에게는 수행에 대한 반문을 해주고 함께 선정에 드는 도반인 것이다. 시인은 좌복한 채 참선을 하지만 모기는 "한마리 모기 도반 비상은 하지만은"의 표현대로 날아다니며 참선을 하는 의미체인 것이다. 고요하고 평화롭게 선정에 든 시인이 왱왱거리며 날아다니는 모기를 도반에 비유하여 읊은 이 시는 생명에 대한 외경심을 가져야 한다는 교훈적 내용과 함께 산사의 깊은 정적을 표현하고 있다. 인간과 다른 생명과의 사이에 절대적인 차이를 두지 않으며, 그 어느 것도 윤회하는 영혼이 머무는 상태에 지나지 않는다는 불교적 세계관을 이야기 하는 것이다.

시 「제행무상」에서는 참선수행을 하면 할수록 부처의 세계에 다가가기가 쉽지 않다고 반어적으로 드러내고 있다. 우리가 살고 있는 곳은 수미산의 남쪽 칠금산과 대철위산의 짠물 바다에 있는 염부제(閻浮提)에 위치한다. 부처는 수미산 꼭대기 그 위에 있으므로, 시인이 아무리 수행을 해도 수미산까지 도달하는 게 너무 힘들다는 것이다. 그래서 "세상사 부처 찾아 수미산 그리웁고"라며, 자신의 수행의 길이 아직 멀었다고 밝히고 있다. 그렇지만 "한 집 속 성품 가득 그 자리 불국일세."라며, 모든 중생은 오히려 성불하고 있다며, 『열반경』(涅槃經)의 '일체중생실유불성'(一切衆生悉有佛性)이라고 한다. 즉 일체의 중생은 모두 부처의 불성을 가지고 있다며, 시인은 중생에 대한 무한한 자비와 신뢰를 내포하고 있다. 다시 말해 일반 중생은 부처의 말씀대로 살면 부처가 사는 국토인 불국에 도달할 수 있지만, 시인은 아무리 수행을 해도 아직 불성이 모자라 정토에 다가갈 수 없다는 것이다.

시 「入寂」(입적)에서는 "이보게 나는가네 새벽빛 마중하며/ 긴 세월 그림자에 마침표 점을 찍네./ 노을빛 손을 잡고 운해의 다리 건너/ 생전에 못 보았던 꽃구름 타고 가네."라며, 어느 스님의 죽음에 대해 안타까움을 읊고 있다. 입적은 열반 또는 적멸의 경지에 들어섰다는 뜻으로, 고통과 번뇌의 세계를 떠나 고요한 적정의 세계로 들어갔다는 것을 말한다. 열반이 불교 수행의 최고 경지이기는 하지만 불교의 최종 목표는 열반이 아니라 무상정등정각(無上正等覺), 즉 최상의 깨달음을 이룩하는 것이다. 입적은 무상정등정각을 얻기 위한 세 가지 방편인 삼승 중 하나에 속한다.

이 시에서 시인은 실제로 입적한 스님을 1인칭화 해 시를 읊었다. "긴 세월 그림자에 마침표 점을 찍네."라며, 생멸(生滅)이 함께 없어 져 무위적정(無爲寂靜)하게 되었음을 말하고 있다. 살아생전의 길었 던 세월의 번뇌 망상의 세계를 떠나 열반의 경지에 들었다는 것이 다. 불가에서는 입적할 때 깨달은 자는 정신적인 고통이 없다고 한 다. 그 이유는 그것을 낳는 원인, 즉 호오(好惡)에 대한 분별과 분별 에 근거한 집착이 없기 때문이다. 진정한 열반이란 적멸했다는 것조 차 잊을 때 진정한 열반상을 띤다고 했다. 아마도 입적한 스님은 아 마도 깨달은 자일 것이다. 그리하여 "생전에 못 보았던 꽃구름 타고" 가셨을 것이다. 불교의 '무상게'(無常偈)에 따르면 "제행무상 시생멸 법 생명멸이 적멸위락"(諸行無常 是生滅法 生滅滅已 寂滅爲樂)이라 하여, 모든 현상은 한시도 고정됨이 없이 변한다는 것이 곧 생하고 멸하는 생멸의 법이니, 이 생멸에 집착함을 놓으면 곧 고요한 열반의 경지에 든다는 것이다. 위 시에서도 입적한 스님처럼 수행을 해 '무상 게'에 따라 깨달음을 얻었기에 "생전에 못 보았던 꽃구름 타고"간다 며, 불국토에 가기 위해 부지런히 도를 닦아야 함을 강조하고 있다. 이는 달리 말하면 시인 스스로의 자책이기도 하다.

시 「栢栗寺」(백률사)에서는 불교의 전파를 위해 이차돈이 순교해 그 의 머리가 솟아올랐다가 떨어진 자리에 세워진 사찰인 백률사의 신 성적인 의미를 내세워 한시도 부처의 법에서 벗어나서는 안 된다고 자신에게 명제하고 있다. 셋째 구에서 "법신은 부서지고 법등은 밝아있고"라고 읊었다. 법신(法身)이란 보신(報身), 화신(化身)과 함께 부처의 삼신(三身)의 하나를 일컫기도 하고, 진리 혹은 진리가 그대로 드러나 있는 법계 자체를 가리킨다. 법신은 흔히 비로자나불과 대일 여래로 상징된다. 이러한 법신의 의미는 맥락과 관점에 따라 부처의 가르침과 능력 및 지혜를 가리키고, 중생이 갖추고 있는 청정한 본성 등으로 확장된다. 이 시에서의 법신이란 이러한 여러 의미 모두가 해당된다 할 수 있다. 그래서 아직 불교가 공인이 되지 않은 신라에서 이차돈의 순교를 통해 부처의 진리가 부서졌지만 "법등이 밝아있고"라는 시구를 써 앞으로 불교의 앞날이 밝다는 것을 예언하고 있다. 이 예언이 바로 법흥왕의 불교공인이었다. 결구에서 "천강에 달빛 가득 만년을 흘렸어라."라고 해 이차돈의 순교로 인해 지금까지 부처의 법과 자비로 인한 가피가 만천하에 퍼져있다고 읊고 있다.

위와 같이 보우스님의 시집 제1부 '부처님께 다가가려는 수행자로서의 열정'을 관통하는 그의 사유의 저변에는 부처의 법에 따라 더욱 열성적인 마음으로 참선을 하며 수행자로서의 삶을 살아가는 것이다. 또 세상을 관용과 부처의 자비로 살피는 것이고, 그 어떤 미물이라도 자신의 공부 도반으로 생각하는 생명존중 사상이 깔려있음을 읽을 수 있다.

■ 제2부는 '절의를 중시하는 역사인식'편이다.

수행을 하는 스님도 지금의 세상, 진흙탕 속에서 온갖 부조리와 탈법이 난무하는 시대를 살아가는 현재인이다. 그러므로 시인 역시 당대의 문제의식을 항상 인식하며 슬픔을 느끼고, 좌절하고, 때로는 희망을 가지고 살아간다. 그 계제가 시인이 종종 보살과 처사들, 오가며 만나는 사부대중, 정치인들과 경제인들, 또는 역사 속에서 만나는 인물이나 사건들이다. 그러다보니 시인이 참선을 한다고 해서 그 내용만으로 시를 짓지는 않는다. 시대정신으로 현재를 목도하고, 한 인간으로서 생각을 담은 것들도 시적 소재로 삼은 것이다.

　제2부의 시들을 보면 시인은 깨어있는 의식 때문에 늘 괴로워하고 있음을 알 수 있다. 먼저 시 「五月」(오월에)을 보면

　　　님이여 무등 언덕 오월이 번지는데
　　　영면한 그대들도 꽃구경 오셨는지.
　　　산하의 뜬구름은 모였다 흩어지고
　　　하찮은 내 가슴 속 그림자 어른하네.

라고 읊고 있다.

　시인은 이 땅의 군부독재를 종식시키고 민주화를 위해 투쟁하다 산화한 젊은이들의 삶을 떠올리면서도 고통스러움에 파묻혀 버리거나 고통을 벗어나려는 의지를 격앙된 어조로 외치지는 않는다. 그의 시 어디에도 가슴 속에 쌓인 울분을 직접적으로 발산하지 않는다. 이는 외침이라는 단선적인 감정에 빠져듦으로써 시적 긴장감을 잃어버리는 우를 범하려고 하지 않는 시인의 긴장감 때문이다. 시인의 이러한 시적 전개방법은 시편 전체를 봐도 어긋나지 않는다. 역사를 대하면서 느끼는 그의 슬픔과 희망이 표출되는 언어가 위와 같다. 그는 비유와 이미지 등을 시에 복합적으로 녹아들게 한다.

시 「老姑草」(노고초·할미꽃)를 보면

> 할미꽃 허리 접어 분단의 백두대간
> 삼천리 산하 뜰엔 포자는 휘날리네.
> 할미꽃 꽃대 접은 통곡의 무등이여
> 행진곡 단결 속에 민족은 하나되네.

라고 읊었다.

위 시의 제목으로 쓰인 '할미꽃'은 복합적인 이미지를 가져 인유(引喩)한다. 할미꽃의 자연적인 이미지는 산과 들판의 양지쪽에서 자라는 여러해살이 풀이다. 봄철에 사람들은 "뒷동산의 할미꽃 꼬부라진 할미꽃/ 싹 날 때에 늙었나 호호백발 할미꽃/ 천만가지 꽃 중에 무슨 꽃이 못되어/ 가시 돋고 등 굽은 할미꽃이 되었나" 등의 노래를 부르면서 할미꽃을 꺾는다. 여기서는 굽은 꽃의 생김새를 이미지화하여 고생하다 등이 구부러진 할머니에 비유한 것이다. '인간화의 은유', 즉 자연물에 인간이 흡수된 비유법을 쓰고 있다.

그래서 할미꽃의 등이 굽은 상황을 빌려와 분단된 현실을 제유(提喩)하고 있다. "분단의 백두대간"이란 표현은 이중적인 제유이다. 시인은 수행자이면서 산악인이기도 하다. 시인 스스로도 "우리나라의 산 가운데 직접 밟아보지 않은 산이 없다"고 할 정도로 산꾼이어서 남쪽에서 백두대간을 타고 올라가다보면 진부령 그 이상 산행하기가 어렵다는 걸 잘 안다. 진부령 위쪽으로 군사 분계지역인 향로봉이 남쪽에서 올라가는 백두대간의 끝이지만 민간인 신분으로는 밟을 수가 없다. 시인은 진부령까지 밟았는지, 아니면 향로봉까지 갔는지는 알 수 없지만 이 시구에서는 '빨리 통일이 되어 향로봉을 넘어 금강산을 지나 백두산까지 밟고 싶다'는 의지가 노정된다.

셋째 구 "할미꽃 꽃대 접은 통곡의 무등이여"는 쉽사리 설명할 수 없을 만큼 아픈 이야기가 많이 담겨있다. '무등'은 광주의 진산인 무등산을 적시하며, "통곡의 무등이여"는 짧게 풀이하자면 '5·18 민주화 운동' 때 희생된 수많은 민간인들에 대한 깊은 애도의 의미가 들어있는 표현이다. 등이 굽었더라도 꽃을 피운 할미꽃이었는데, 얼마나 애통했으면 아예 꽃대를 접었을까.

다 알다시피 5·18 민주화 운동은 1980년 5월 18일부터 27일까지 광주시민과 전라남도민이 중심이 되어 조속한 민정수립, 12·12 사태를 주도한 신군부 세력의 퇴진 및 계엄령 철폐 등을 요구하며 전개한 민주화운동이다. 결구에서는 그러한 희생을 발판 삼아 평화적인 통일이 빨리 이루어지기를 희구하고 있다. 즉 고통스런 지난 역사에 대한 안타까움과 미래의 희망인 통일을 갈구하는 동시적 공존을 나타내는 구절이다.

칠언율시인 「族意春」(겨레의 봄)도 민족의 통일을 기원하고 있다.

　　　한라봉 백두봉의 남북 흙 섞이던 날
　　　사월의 하늘이여 청솔은 한결같네.
　　　촛불등 불빛 여울 반도의 희망이고
　　　마주한 손바닥에 천지 물 모이구나.
　　　지난밤 꿈속 꿈이 아니길 바라면서

칠순을 바라보는 평화의 꽃 피우네.
칠천만 겨레 마음 두 손에 심은 청솔
봄날은 영원하듯 통일의 희망이여!

　수련은 지난 4월 판문점에서 열린 남북정상회담에 대한 내용이며, 함련에서는 촛불혁명이 민주주의를 한 단계 끌어올렸고, 거기서 한반도의 희망을 보았다고 한다. 그러면서 미련에서는 칠천만 겨레의 염원인 통일이 반드시 이루어져야 함을 희망하고 있다.
　한반도의 비핵화를 조건으로 그동안 남북정상회담과 북미정상회담 등이 열려 통일에 대한 기대가 한껏 부푼 상황이다. 아직 갈 길이 멀지만 예전의 남북 긴장과 소통의 단절 상황에 비교하면 통일에 한 발 다가선 듯한 분위기이다. 앞으로 남북 간에 어떠한 과정을 거치든 간에 시인은 민족의 염원인 통일이 반드시 이루어져야 함을 재차 강조하고 있다.
　시 「直沼瀑布」(직소폭포)는 변산반도에 있는 부안의 직소폭포를 읊은 내용이다. 이 폭포는 '부안삼절' 가운데 하나로 시인은 첫 구에서 "변산의 하늘 기둥"으로 묘사하고 있다. 부안삼절은 송도삼절에 빗댄 것이지만 그 내용은 더 애절하다. 부안삼절은 기생 매창, 시인 유희경, 그리고 직소폭포이다. 시 「梅窓香」(매창향)의 "그대여 낙운성시 님 향한 절개일세./ 국난 중 부임 사또 수청이 웬 말인고"를 보면 매창이 신임사또가 운자를 주며 시를 지으라고 하자 사또를 간접적으로 비난하며 그녀의 정인인 시인 유희경을 향한 일심(一心)을 드러내었다.

또한 시인은 시 「扶安三絶」(부안삼절)에서는 삼절에 대한 보다 분명한 내용을 아래와 같이 읊었다.

부안 땅 하늘에는 직포가 걸려있고
뜰앞에 매창 분묘 송림에 누웠다네.
임 향한 운우지정 가슴에 묻어놓고
개암사 흔적 없는 옛 문헌 자취라네.

첫 구의 직소폭포, 둘째 구의 매창, 셋째 구에서 매창과 운우지정을 나누었던 이는 시인 유희경임을 말하고 있다. 넷째 구의 '개암사'는 1668년 12월에 매창의 시 가운데 58수의 시를 선정해 2권 1책의 목판본 시집으로 간행한 부안의 사찰 이름이다. 시인은 매창의 묘와 직소폭포, 그리고 개암사까지 두루 답사를 하였음을 알 수 있다. "임 향한 운우지정 가슴에 묻어놓고"라는 시구는 의미심장하다. 매창은 허균을 비롯해 당대의 유명한 문사들과 교유를 하였지만 시인 유희경과의 관계를 끝까지 지킨 절개 있는 기생 시인이었다. 앞에서 '낙운성시'에서 보았듯 유희경을 향한 사랑을 위해 신임사또의 청을 거절할 만큼 절개가 있었다. 시인은 매창과 관련한 시를 여러 편 읊은 이유도 매창의 절개를 높이 샀음을 알 수 있다. 그래서 매창 관련 시편들을 제2부에 삽입한 것은 지금도 마찬가지이지만 역사에 있어 '절개'란 단어가 주는 의미 때문일 것이다. 다시 말해 절개란 여성에게만 해당하는 단어가 아니고 신하나 친구 간에도 해당하는 신뢰이며, 모든 관계에서 중요한 기제이다. 즉 절개 있는 신하가 많았다면 우리나라의 역사가 달라졌을 것이란 게 시인의 인식인 것이다.

그래서인지 시인은 시 「戀梅窓」(연매창·매창을 그리며)에서 "부안의 요절 시인 매창이 보고파라."고 각인하듯 되뇌었다. 이는 다름 아닌 지금의 세상에서도 정치인이든 재벌이든 누구든 간에 매창처럼 절의가 있는 지도층 인사들이 많았으면 하는 바람을 담고 있다.

이처럼 시인은 제2부의 시들을 통해 우리나라의 민주주의와 통일을 염원하며, 절의가 있는 인물이 많기를 희구하는 메시지를 던지고 있다.

■ 제3부는 '유년시절과 부모님에 대한 기억, 그리고 현재적 삶'이다.

수행자로서 한 개체의 심상이 아닌 이 땅에 태어나 살아가는 한 인간으로서의 삶의 과정과 기억의 편린들을 읊었다.

한시뿐만 아니라 전근대시기의 시가는 어머니의 사랑을 제대로 노래하지 못했다. 이전 시대에는 남성 중심의 지배이데올로기 때문이었다. 효도를 충분히 하지 못하는 자신의 처지를 까마귀에 견주어 비통해 하는 것이 중심 모티브를 이룬다. 그런 차원에서 본다면 다음의 「母山」(모산)이라는 시는 어머니를 읊은 한시에서 새로운 의미를 지닌다.

산비탈 어머니는 산에서 산다지요
그 고운 얼굴에는 주름이 파도치네.
푸른 산 푸른빛은 푸른 맘 한결같아

머릿결 아득 멀리 백설이 내렸군요.

 이 시는 자연스러우면서도 의미전달이 잘 되며, 기존의 한시와는 어머니를 그리는 심경이 한층 구체적이고 진전되어 있다. 과거를 회상하는 감각은 시각이 가장 역할을 많이 한다고 한다. 그러다보니 문학에서 주로 시각적 이미지가 많이 제유되고 있다.

 위 시에서도 '고운 얼굴', '주름', '푸른 산', '푸른 빛', '백설' 등의 시각적 이미지를 사용하여 이미 이 세상에 존재하지 않는 어머니를 불러내고 있다. 다시 볼 수 없는 어머니라서 더욱 맑은 슬픔을 자아내 애절하고 그립다. 그만큼 서정의 깊이와 넓이가 남다르다고 말할 수 있다. 시인이 열 살 때 여읜 어머니이지만 50년이 지난 지금 그의 기억에는 어릴 적 어머니의 모습을 그대로 재현할 수 있는 건 바로 그 시각적 이미지 때문이다. 시적 화자의 심중에는 기의보다는 기표가 더 많이 남아있다는 증거이기도 하다.

 이 광활한 우주에서 인간이란 존재는 얼마나 하잘 것 없던가. 소동파가 「적벽부」에서 말했듯이 푸른 바다의 좁쌀 한 알같이 자그마하다. 그렇지만 이 세상 누구에게든 부모님은 가치를 부정할 수 없는 가장 소중하고 위대한 존재이다.

 시인에게 아버님 역시 가장 그리운 대상이다. 시 「家夫影幀」(가부영정·아버님 영정)에서 "무심히 가셨나요 얼마나 힘드셨음/ …/ 믿음 속 허전스레 당신이 그립군요."에서 가솔들을 위해 힘들게 사시다 돌아가신 아버님이 무척이나 그립다고 읊고 있다. 시인은 열 살 때 어머니를 여의고 부산으로 이주했다. 가진 것 없이 시골에서 살다 부산으로 오신 아버님이 어떻게 사셨는지는 대체로 뻔하다. 허드렛일을 하거나 잘해야 공장에 다니는 일이었을 것이다. 그건 "얼마나 힘드셨음"이라는 시구를 참작할 때 짐작할 수 있다.

시인에게 부모님은 이처럼 고생만 하시다가 세상을 뜨신 억울하고 안타까운 이미지로 남아있다. 시「後悔不孝子」(후희불효자·후회하는 불효자)에서 그러한 상황은 충분히 감득된다.

생전에 자반 고등 즐기신 부모님 전
사후에 진수성찬 절한들 후회롭네.
불효자 숙인 고개 눈물이 흘러내려
지방의 이름 석자 태산이 높을소냐.

시가 너무 슬퍼 누구라도 이 시를 읽으면 공감해 숙연해질 것이다. 이 세상 모든 자식들은 부모님께 불효자 아닌 사람이 없을 것이다. 생전에 자반고등어를 좋아하시던 부모님이셨는데, 경제적으로 어렵다보니 마음대로 드시지 못하셨다. 시인은 스님 신분이지만 부모님이 살아계시면 자반고등어를 자주 대접해드리고 싶다는 간절한 소망이 담겨있다. 하지만 어쩌랴. 부모님은 이미 이승을 떠나셨다. 부모님과의 인연도 불가에서는 이슬과 같다고 하지만, 부모님을 생각하는 시인의 애통한 심정이 시에 그대로 다 드러난다. 두 세 겹의 안타까움과 울림을 준다. 불경 『부모은중경』(父母恩重經)에서도 부모의 은혜가 한량없이 크고 깊음을 설하여 그 은혜에 보답할 것을 가르치고 있다. 부모의 은덕을 생각하면 자식은 아버지를 왼쪽 어깨에 업고 어머니를 오른쪽 어깨에 업고서 수미산을 백 천 번 돌더라도 그 은혜를 다 갚을 수 없다고 설하였다.

시「貧苦」(빈고·가난으로 인한 고생)를 보면 부산에서의 생활 또한 고단했음을 알 수 있다.

> 한겨울 뼛속까지 시리는 칼날 바람
> 여름날 뜨거운 열 자연히 느껴지네.
> 허름한 판자촌에 나 홀로 무너지듯
> 한 편의 유언 편지 소지한 한 숨 짓네.

허름한 판잣집에서 살다보니 한겨울에는 뼛속을 시리게 하는 칼바람을 맞고 생활했으며, 여름에는 뜨거운 열을 온몸으로 견디며 살아야 했다. 시인의 어린 시절은 우리나라가 경제소득이 낮아 많은 사람들이 힘들게 살았지만 시인의 경우는 그러한 정도가 더 심했던 것 같다.

하지만 시인은 이러한 과거의 슬픔과 회환에만 잠겨 있는 것은 아니다. 시인은 산을 좋아한다. 불문에 귀의하기 전부터 함께 산행을 하던 부산의 강영환 시인이 시집『다시 지리산을 간다』를 발간하여 한 권 보내왔다. 이에 시인은 그와 산행을 하던 기억을 떠올리며 기분을 전환했다. 강 시인과 천왕봉을 등정하였던 생각에 잠기기도 하면서 시집 속에 강 시인이 다닌 등산 코스를 짚어보았다. "… 천왕봉 기뻐하네"라는 시구를 통해 시인은 부모님께 효도를 못한 죄스러운 감정에서 벗어나 '기뻐하'고 있다. 천왕봉이 기뻐한다는 표현은 시인이 천왕봉을 생각하니 땀방울을 흘리며 힘들게 올랐지만 정상에 섰을 때 그 기쁜 마음은 이루 말할 수 없을 만큼 컸다는 뜻이다. 시인도 오랫동안 많은 산을 다녔다고 했다. 그래서 산 이야기만 나오면 마냥 즐거운 기분이 드는 것이다. 시는 언어예술이기 때문에 이처럼 세상의 곳곳에 있는 기쁨의 질료들을 찾아내야 할 터이다.

시「登智異山」(등지리산·지리산을 오르며)에서는 시인 자신이 불일폭포에 올라서는 "무지개 일곱 빛깔"이라며, 긍정과 아름다움이라는 자기인식을 하고 있다. 이는 산에 오를 때는 기쁨을 넘어 희열을 느끼는 경지가 된다는 의미이다. 시인에게 산을 타는 것은 하나의 숙명처럼 느껴지는 것이다. 스님이 되기 전부터 틈만 나면 산행을 하였다. 불가에 들고부터는 공부와 수행에 매진하느라 산행을 할 기회가 많지 않았다. 그러나 다른 암자를 찾아가거나 예전 함께 산행을 하던 산꾼들과 가끔 산에 오르면 더할 나위 없이 기쁨을 느낀 것이다. 산행 그 자체가 시인에게는 하나의 수행이었고, 산행에서 느끼는 희열 그것이 깨달음과 같은 것인지도 몰랐다.

또한 그에게는 많지는 않지만 한 번씩 오고가는 벗이 있어 덜 외롭다. 시인이 지리산을 좋아해서인지 그 벗 또한 지리산에 살고 있다. 시「有朋」(유붕·벗이 있어)에 보면 "화개골 목압서사 다헌도 봄일거니/ 원거리 하동백리 짧기만 하고파라."라며, 벗이 지리산 화개골에 살고 있음을 밝히고 있다. 시인이 있는 부산에서 화개골까지는 거리가 멀다. 승용차를 운전해 가더라도 3시간 가까이 걸린다. 시인은 수행을 하다가 잠시 쉬고 싶거나 의논할 일이 있으면 지리산까지 달려간다. 어떤 때는 가깝게 느껴지지만 대체로 그 길이 멀다. 그래서 하동백리 그 길이 짧으면 벗을 더 자주 볼 수 있어 좋겠다고 밝히고 있다. 시인은 혼자 수행을 하는 스타일이어서 불가의 도반도 많지 않다. 속세의 벗도 서로 소통이 되거나 진정으로 이야기를 나눌 수 있는 사람이 아니면 우정을 나누지 않는 성격이다. 게다가 시인은 일반 스님들과는 달리 한시를 읽고 쓰다 보니 아무하고나 벗이 될 수 없는 것이다. 벗인 다헌은 한시를 지으면서 인근 주민들에게 한시와 한문을 가르치고 짓는 한문학자여서 대화할 수 있는 영역이 많다.

 그런데 벗이 있어도 시인은 고독해 한다. 시 「病苦」(병고·병으로 인한 고통)에서 "주변을 보았지만 쓸쓸함뿐이로다."라고 고독한 심경을 토로하고 있다. 시인은 병으로 입원 치료를 받았다. 아무도 병문안을 오는 사람이 없었다. 벗에게 일부러 연락하지 않았다. 입원해 있는 걸 알면 벗 이 지리산에서 달려올 것이기 때문에 부담을 주기 싫어 일부러 연락하지 않은 것이다. 그러다보니 일주일 넘게 입원해 있어도 찾아오는 사람이 없었다. 이런 상태를 현대문학에서는 절대고독이라고 한다. 스스로 벽을 쳐서 고립하려는 자의가 아니라 어쩔 수 없이 고독해 질수밖에 없는 존재로서의 의미라고 봐야 한다.

 하지만 근심 많은 세상사를 잊을 수 있는 곳이 시인의 수행처가 있는 감천문화마을이다. 시 「甘川」(감천·감천에서)을 보면 그곳이 "무지개 오르는 곳"으로 시인은 인식하고 있고, "산비탈 층층계단 마을의 안식처네."라며, 비록 셀 수 없이 많은 계단을 걸어서 올라가야 하는 산동네지만 그곳이 시인에게는 위안을 주는 최고의 안식처인 것이다. 또한 비록 가난한 사람들이 모여 살아 시간에 뒤떨어져 사는 동네인 것처럼 보이지만 그곳은 "한 시절 골판 지옥 사진 속 시간"이라며 오히려 박제된 공간처럼 발전하지 않고 멈춘 곳 같아 좋다고 생각한다. 그런 곳이 여유가 있고 한정(閒情)을 누릴만한 공간인 것이다. 그곳에 있을 때만이 시인에게는 더없이 편안해진다는 말이다.

제3부에서는 이처럼 시인에게 이미 지나간 시간들을 되돌아보기도 하지만 스님으로서 현재적 삶을 살아가는 이야기들로 채워져 있다.

한시에는 한 시점에서 자신의 모습을 스스로 그려낸 자화상의 시들이 많다. 시인은 스스로의 본래성을 추구하는 구도자이다. 본래성을 추구하기 위해 불가에 들어 경전을 읽고 참선을 한다. 시인은 자신이 미울 때도 있고, 또 자신이 가여울 때도 있다, 하지만 보듬고 사랑해야만 하는 존재, 그가 바로 자신인 것을 잘 안다.

ㅁ제4부는 '자유롭게 날고자 하는 시인으로서의 꿈'이다.

시인은 부처께 귀의한 승려이지만 불법에만 얽매여 헤어나지 못하는 수도자가 아니라 유가의 경전들도 읽고 장자(莊子)의 자유로움도 추구하는 폭넓은 사고와 지식을 가진 선지식이다.

그러한 내용 등으로 이루어진 4부의 시편들에서 오히려 시인의 깊은 사유를 읽을 수 있고, 일반 승려들과는 달리 그의 지식의 광범위함도 함께 엿볼 수 있다.

시 「산풍」(山風)을 먼저 보자.

　　산속에 짙은 그늘 여름 해 한창이고
　　산바람 일어나니 참나무 구름 걸려.
　　삼선객 일신에는 서늘한 기운이 돌고

뼛속에 부는 바람 스스로 알겠어라.

여름 햇살이 따가운 가운데 시인을 포함한 세 사람이 산속에 가 뼛속까지 시원할 정도로 산바람을 느끼면서 읊은 작품이다. 산을 좋아하는 시인이 스님이 아닌 일반인들과 산행을 한 것일까. 이 시에서는 말에 대한 엄밀성이 느껴진다. 언어에 대한 엄격성은 자연 앞에서의 경건함과 마찬가지이다.

철학사전에 따르면 이상적인 삶이라는 것은 근심의 근원인 자기의 육체와 정신을 버리고 '허정'(虛靜), '염담'(恬淡)의 심경에 도달하여 자연의 법칙에 따르고 어떠한 것에도 침해받지 않는 자유와 독립을 얻어 세계의 밖에서 초연하게 노니는 것이다. 이러한 장자의 무위자연적인 삶도 시 속에 포함되어 있다.

자연을 노래한다는 것은 부처의 법에서 잠시 벗어나 시적인 감흥이 일어야 한다. 시인이 불경에만 매달려서는 안 되며, 적어도 이 우주 자연과 합일되어 그것을 느낄 수 있는 마음이 가슴에 있어야만 한다. 따라서 이러한 시는 스님이 아닌 일반 시인이어야 지을 수 있다. 그래서 시인은 불법과 속세의 문학성 사이를 자유자재로 넘나든다. 시적 화자는 예사로운 사람이 아니며 내공이 깊은 특이한 존재라고 해석된다.

또한 시인은 시 「冬夜」(동야·겨울밤)에서 "겨울에 피는 꽃은 뜨겁기 그지없고/ 사랑은 엄동 밤도 입김은 봄이로다."라고 읊고 있다. 시구를 볼 때 이 시는 점잖은 수행자가 쓴 것이라고는 볼 수 없을 정도로 농염하다. 아니 농염하다 못해 에로스(Eros)적인 '욕망'이 가득 들어

있는 시이다. 시인은 부처께 귀의한 수행자이기를 자칭한다. 그래서 그에게 사랑이란 단어는 금기시되어야 할 단어이다. 그런데 그러한 에로스적인 표현을 했으니, 그건 분명 이중적인 비유법으로 볼 수 있다. 수행자라는 틀 안에서 살아가고 있는 시적 화자는 또한 자유로운 영혼을 가진 시인이다. 그러므로 그는 얼마든지 사랑이라는 시어를 쓸 수 있다. 그 사랑은 이성을 향한 감정일 수도 있겠지만 다른 한편으로는 부처에 대한 사랑으로 해석할 수도 있다.

이러한 심상적 표현은 시「冬栢花」(동백화·동백꽃)에서는 더 노골적이고 과감하게 나타난다. "내 심장 가슴으로 화살이 날아오네"라며, 대다수의 시인들도 주저하는 표현을 스스럼없이 하고 있는 것이다. 이처럼 시인의 시적 상상력은 열려있으며, 나비가 되어 어디로든 훨훨 날아다니고 있음을 감지할 수 있다.

시「四季節」(사계절)에는 사랑에 몰두한 남성적 상징이 더욱 고양되며, 주의력을 요구한다. "치자꽃 향기 날려 당신을 유혹하오."라며, 그냥 이성에게 접근하려는 것이 아니라 치자꽃 향기까지 날리며 유혹한다. 인식의 대담함이다. 시인은 그 대상이 누구든 그만큼 정염적으로 사랑할 수 있다는 것이다. 어쩌면 이렇게도 문자로 수행자와 시인이라는 간극의 찰나에서 자신을 벌거벗은 것처럼 드러낼 수 있을까. 그러면서 더 무안하게도 "동백꽃 뜨거움에 사랑은 여전하리."라며, 선혈 같은 그 뜨거운 사랑이 여전하다고 고백한다. 대개는 이쯤에서 겹겹의 얼굴로 숨어버리는데 시인은 그렇지 않다. 사랑이란 무엇인가. 마음속의 알 수 없는 설렘이다.

그의 이러한 열정은 끝이 어딘지 모를 정도로 시「天臙脂」(천연지·

하늘연지)에서도 이어진다. 이 세상 누구에게나 최고의 어휘는 바로 '사랑'임을 시인에게서 읽을 수 있다. 시인은 "부끄러워" "수줍음 감추는데", "한 송이 사랑 고백 여심은 녹아나네."라고 부끄러워하는 여성에게 사랑을 고백하자 여성이 그 마음에 감동했다는 것이다. 시 「春夜」(춘야·봄밤)에서도 "산유화 사랑하여 … 울고 있고", "애간장 녹이누나" 등의 시구에서는 가히 사랑의 감정이 폭발하고 있다. 시 「貴因緣」(귀인연·귀한 인연 있어)에서도 "토끼풀 손목시계 가슴에 심어본다"라며, 누군가의 손목에 토끼풀 시계를 매준 기억을 가슴에 깊이 간직한다. 여기서 전율이 느껴진다.

그렇다면 사랑의 대상인 '여성'의 존재는 누구일까? 고도의 암시성을 불러온다. 철학적으로 존재에 대한 이해를 한다면 현재적 존재일 수도 있고, 과거의 존재일 수도 있다. 그리고 존재란 실존일 수도 있고 허상일 수도 있는 것이다. 시로서는 존재의 직접적인 대상을 찾아낼 수가 없다. 그에게 있어 '사랑'이란 사고는, 하나의 은유이지 '일탈'이 아니다. 영화 「일 포스티노」에서 시인 네루도 말했다시피 시는 '은유'인 것이다. 의미론에서 말하듯 은유는 수사학적인 장식성만 내포하는 것이 아니라, 시의 필수적인 구성요소인 것이다.

납자인 시인은 세속의 벗을 그리워하기도 한다. 시 「春消息」(춘소식·봄소식)에서는 "다헌 벗 가슴에도 봄꽃이 피었는가"라며, 봄철에 꽃이 지천으로 피자 지리산에 있는 벗인 다헌에게 안부를 묻는다. 그러면서 "나 홀로 한 잔 차를 들었다 놓아보네."라고 읊는다. 시인과 다헌 두 사람 모두 차인이다. 봄에 혼자 선방에 앉아 녹차를 마시다 보니 다헌 생각에 찻잔을 잠시 놓는다. 두 사람은 그만큼 도반 아닌 도반으로 격의 없이 지내는 벗이다.

시인의 자유로운 사고는 여기서 끝나지 않는다. 시 「立春」(입춘·입춘에)을 보면 시인은 마치 유자(儒子)인 것처럼 사유를 한다. "때 묻은 사서책 속 옛 성인 마주하니"라며, 불가에서는 어쩌면 터부시하고 있는 유가의 책, 그중에서 사서를 읽고 있다. 그리곤 공자나 맹자 등 흔히 선비들이 성인이라고 지칭하는 그들과 책으로 마주하며 소통하고 있는 것이다. 그만큼 시인은 수행자이지만 그 좁은 세상에만 함몰되어 있는 것이 아니라 이 세상에 존재하는 모든 것을 받아들이는 넓은 가슴을 갖고 있다.

그뿐만이 아니다. 우리나라 최고의 문창후로 불리는 고운 최치원의 흔적을 밟아 경남 양산 원동의 임경대를 찾아 그를 흠모(?)하고 있는 것이다. 시 「梅花韡」(매화위·활짝 핀 매화)에서 "임경대 곡주잔에 매화꽃 마중하네."라고 읊고 있다. 봄날에 굽이진 낙동강의 언덕에 위치한 임경대에 서서 최치원을 생각하며 매화꽃을 감상한다는 것이다. 이는 다름 아닌 시인이 세상의 모든 이를 자신의 스승으로 인식하고 있는 증표이기도 하다. 부처가 되는 길은 불가에만 있는 것이 아니라 세상 모든 곳에 자리하고 있다는 인식론에 기초하는 것이다.

그는 지금 현재의 세상과 소통하는 일에도 관심이 많다. 시 「有齋電話」(유재전화·전화기를 가지고 있으니)에서 "가까이 저 멀리의 소리도 들으면서", "손안의 창을 열어 세계화 나아가네."라며, 휴대전화로 자주 세상의 소식을 듣는다. 따라서 시인은 세상의 모든 일에 관심이 있다. 그게 도를 깨닫기 위한 방편이라고 생각하는 것이다.

이번 한시집에 수록되는 작품들에서도 시인의 그러한 자유로운 사유를 들여다볼 수 있다. 고시체가 아닌 근체시라면 모름지기 평측과 운자를 맞추는 게 일반적이다. 하지만 시인은 몇 수의 경우는 평측과 운자를 규칙에 맞게 맞추기도 했으나 대부분은 틀에 가두는 듯한 그러한 규칙을 무시하고 자유롭게 읊었다.

시인이 다음에 또 한시집을 발간한다면 이번처럼 칠언절구 위주의 작품을 고집하기보다는 율시와 장시(長詩), 연구시(聯句詩) 등 보다 다양한 형식의 작품들도 독자들에게 선보이기를 기대해본다.

시적 화자의 서정이 반드시 시인 자신과 일치하지 않을 수도 있는데, 보우스님의 시편들은 개인적 경험에 근거한 연상이나 기억에 의하여 술회되고 있다. 그래서 독자들은 자신들의 과거 경험이나 사회적인 맥락 속에서 시를 이해할 수 있겠지만 기본적으로는 시인의 언어조직인 문맥을 잘 살펴서 읽어야 할 것이다.

한문과 멀어진 요즈음 독자들은 불행하게도 한시를 감상해볼 기회가 없다. 사회는 너무 가식적이고 속된 것이 숭상되는 분위기로 흘러버렸다. 이 한시집의 시편들이 반드시 절창이라고 단정할 수는 없다. 하지만 동양적인 것, 아니 우리의 유산이라고 할 수 있는 우리의 한시를 지속적으로 짓는 보우스님 같은 사람이 있어 그나마 다행스럽다.

『예기』(禮記) 「경해」(經解)에서 한 말을 기억하자. "온유하고 돈독함은 시가 가르치는 바이다"(溫柔敦厚詩教也). 사람 사이의 대화나 공감이 여의치 않을 때면 시를 읽자. 그것도 동양고전의 정수인 한시를 읽는다면 즐거움을 감득할 것이고, 자신도 모르게 지식의 깊은 바다에 들어가 자유로이 헤엄치고 있음을 느낄 것이다.